論傑作

拒絕平庸的文學閱讀指南

夏爾·丹齊格 著
揭小勇 譯

À propos des chefs-d'œuvre

Charles Dantzig

目次

對傑作的質疑

一切都被質疑過了，這樣也好，從今往後我們大概可以活在天堂裡，不再受質疑困擾。人們通常這樣指責傑作：「『傑作』（Chef-d'œuvre），很顯然，這個詞聽上去太過匠氣。」（瓦勒里・拉爾博[1]，《法語範疇》）對，是有那麼一點。它漫長的製作過程既精心又刻意，既不個人化，又帶著中世紀的味道，因為這樣的稱謂就起源於西元一千兩百年前後。「Chef-d'œuvre：指手工業學徒在成為業內師傅之前，須完成的重要且難度高的作品。」三百年後，這個詞才用來指稱藝術作品。「一五〇八……最完美的作品。」（摘自《羅貝爾法語大詞典》）

許多語言都有這個詞和概念：Capolavoro、Obra maestra、Obra prima、Lan nagusi、

1 瓦勒里・拉爾博（Valery Larbaud, 1881-1957），法國作家、詩人、翻譯家。（本書註釋未作特殊說明者，均為譯註。）

Masterpiece、Meisterwerk、Mästerverk、Mesterverk、Mesterværk、Mesterverk、Meistardarbs、Meistriteos、Misteroské dílo、Mesterm、Aristouryima、Aheser、Yetzirat Mofet、Touhfa、Meesterstuk、Kloukh kordzodz、Geoljak、Jiezuo、Ki tác、Kessaku。以上分別是義大利語、西班牙語、葡萄牙語、巴斯克語、英語、德語、瑞典語、丹麥語、書面挪威語、拉脫維亞語、愛沙尼亞語、捷克語、匈牙利語、希臘語、土耳其語、希伯來語、阿拉伯語、南非荷蘭語、亞美尼亞語、朝鮮語、漢語、越南語、日語。這些詞彙都在說明同一件事物——優異的作品。

在希伯來語中，這個詞是詩人拜力克[2]在一九〇八年創造出來的（《聖經》裡沒有這個詞，因為人不可以創造事物，尤其是已臻完美的作品，這是上帝才擁有的權力），而在上述語言裡，這個詞皆不是外來語。俄語裡，人們會說「shedevr」，這是十八世紀時從巴黎引進的詞彙，如進口一席禮服一樣，但在那之前曾有一個全國通用的詞，用於指稱以高超技藝完成的作品——「masterski ispolnienia」。可見這世上確實有具備普遍意義的事物。

人們對於上帝的存在，仍有種種懷疑，但每個人都相信傑作的存在。

2 哈伊姆・拜力克（Hayim Bialik, 1873-1934），猶太詩人，現代希伯來語詩歌的先鋒人物之一。

人生之形，書籍之形

假如我沒弄錯，「傑作」一詞大約是在十八世紀中期才用於文學的，至少我找到最早的表述，是出自伏爾泰的《路易十四時代》（一七五二）：

但我們應依據一位偉人的傑作對其進行評判，而非他的錯誤。

大約是在同一時期，文學的概念出現了，它將作家們從娛樂消遣的行業中解脫了出來。文學出現之前，傑作即已存在，但與前者一樣沒有名稱。恰恰是在獲得名稱的同時，兩者得到了拯救——事物總是經由命名獲得拯救。大權在握的人們喜歡將一切新事物扔進壁櫥，而一經命名，它便可從這個「無名之物」的暗櫥脫身而出。否則縱然它擁有才華，想要求一席之地，又能如何？倘若沒有傑作，文學恐怕根本無法自立於世。它將「傑作」

據為己有，從而使自己獲得更多尊敬。就像一個在海灘上築城的小男孩，文學擺出「荷馬，嗨喲！」、「但丁，嗨喲！」、「歌德，嗨喲！」，還有其他許多傑作，嗨喲！嗨喲！嗨喲！為自己築就一道城牆。權貴們，傑作在此，誰敢動我！三個世紀過去了，三個世紀的傑作。可是，假如我依然沒弄錯，迄今為止沒有一本關於文學傑作的書。不過就是因為這樣，這本書裡才可能出錯。我權且作一名園丁，完成開荒前的清場。

比起思想，人似乎更喜歡為自己製造顯而易見的事物。他對於信念支撐的需要無窮無盡。於是我們建立起文學傑作這樣一個既不十分明確又難以撼動的概念。

它穩固沉靜，歷盡艱辛。十分符合理想中的作家形象。這一形象在十九世紀得到完善，也就是一個坐著的人。他做出手藝人的姿勢，彷彿在寫作檯前寫作。這個形象的典範是馬拉美，還有他的椅子，他那平凡卻動人的工作椅，那是一個屬於抄寫人、史詩複寫員、因專注工作而步步高昇的謙遜者的座位。簡而言之，平凡。我曾在二〇一〇年梅斯龐畢度中心[1]開幕展覽時展示過這把椅子，它是塞納—馬恩省馬拉美博物館的藏品。當時我負責開幕展的文學部分，博物館主席洛朗・勒龐把整整一個大廳托付給我，恕本人狂妄，這在我看來十分明智，因為我恰恰相信，創造的各種形式是相通的。在一個頗具日本風格的儀式中——這在法國絕對罕見，因為我們對類似事物並無感覺——我親眼看到《追憶逝水年華》的手稿在展廳中行進。國家圖書館同意出借普魯斯特手稿的第一卷，並指派一位搬運工和一位女圖書館員將它送來。博物館正值布展期間，現場的混亂（即便有秩序也已散落四處）對瞻仰手稿並不十分有利。一幅巨大的西蒙·翁泰[2]的油畫斜靠在一面隔牆上，像一個放學後沒人來接的孩子。地板上，各式工具像魚一般輕輕掠過標籤貼紙留下的十字記號。散放在四周的木箱靜靜地等待著，彷彿一套被一個身形碩大的嬰兒玩過、扔下的積木。一組工作人員的腳上包裹著藍色鞋套，安靜地走動，忙於各自的任務，神情專注。

當《追憶逝水年華》的手稿抵達現場，展廳內出現了片刻停頓，四周鴉雀無聲，一個動作隨之出現——所有人都向它看去。搬運工戴著白色手套，雙手平展，上面托著一個箱子。女圖書館員禮貌有加卻堅定有力地向他下達著指令，他也帶著崇敬的莊嚴和沉默一一遵照執行。他打開箱子，取出了手稿。應該就是它了，實實在在的一部文學傑作！它像一

1 梅斯龐畢度中心（Centre Pompidou-Metz），位於法國東北部梅斯市的現代藝術館，是巴黎龐畢度藝術中心的分館。
2 西蒙·翁泰（Simon Hantaï, 1922-2008），出生於匈牙利的法國畫家，以抽象藝術著稱。

朵紙做的朝鮮薊，期待著張開葉瓣向人傾訴！果然，當搬運工把它放進玻璃櫥窗，安置在我指定的地方，它就像一個剛醒來的新生兒張開了嘴。天才的新生兒，才華無法與他匹敵的我們，則在發覺這份天才的時候滿懷著幸福。

馬拉美的椅子已經抵達，此刻就在我們身後，安靜地等待我為它安排位置。這是一把再普通不過的藤背木椅，兩支纖細的扶手，座墊下的椅腿交叉成菱形。馬拉美不可能用一把「簡單」的椅子。這椅子與他精巧別緻的圓花窗式詩歌十分相配，他以努力勤奮獲得了這種精巧別緻。馬拉美曾經這樣答覆一位記者：「每一次在文體上付諸努力，詩學必然產生。」（朱爾斯・胡雷特[3]，《考察文學演變》，一八九一）努力。文體、端坐，馬拉美地位穩固[4]，並時常以坐姿示人，有一張照片就是他坐在這把椅子上。歷經幾個世紀，作家的地位已經變化，但狹小的房間、書桌、固定不動的形象仍然未變。

此時出現了里爾克的《杜伊諾哀歌・第五歌》（一九二三）：「但他們是誰？告訴我，這些流浪者，這些靈魂／比我們更加短暫？」第一次世界大戰後，我們從象牙塔走進了飛機座艙。在同一個地方停留了三千年之後，我們開始日復一日地從一個地方飛往另一個地方。為了確保作家在社會中的地位，偉大的先輩們已在原先的姿勢裡維持了太久，現在我們可以盡情地淘氣胡鬧。從馬拉美到馬爾羅只是一瞬之間。在文學裡，演變是跳躍地發生的，沒有所謂逐漸進步，那純粹是幻想。傑作破殼而出，如同動畫片裡的蘑菇。不過，經濟艙的座椅也沒能趕走漫長和艱苦的意象，就像榫舌與榫眼，兩者密不可分。彷彿若是沒有艱辛或者勞動的表象，天才便不可原諒。我們依然坐著寫作（在飛機裡也是），但傑作已經改變了。

從十九世紀開始，我們便遭遇了對傑作的質疑，而對傑作形式的質疑多於對概念本身。龐大厚重的傑作開始令一些人畏懼，於是他們嘗試創造自己的傑作。擅長冷嘲熱諷的洛特雷阿蒙[5]只想寫出《馬爾多羅之歌》（一八六八）。實際上，傑作並沒受到太大的質疑。在反對傑作的陣營裡，安德烈·布勒東[6]本人就頗具傑作之風。他工作室的那面牆——如

3 朱爾斯·胡雷特（Jules Huret, 1863-1915），法國記者，以其對作家的訪談著稱。

4 此處法語原文為「assis」，含有「坐著的」和「穩固的、穩定的」兩種意思。

5 洛特雷阿蒙（Lautréamont, 1846-1870），法國詩人，生於烏拉圭，代表作《馬爾多羅之歌》，對法國象徵主義、超現實主義產生重要影響。

6 安德烈·布勒東（André Breton, 1896-1966），法國詩人和評論家，超現實主義創始人之一，曾與蘇波合作寫出第一部超現實主義著作《磁場》（*Les Champs magnétiques*）。

今已被收入龐畢度藝術中心。與十八世紀的一間珍奇陳列室沒什麼不同，彷彿出自一座雅緻的門廳，布滿了「我最美的中非紀念品」。他將另一個自我放進書中，儀態威嚴，像揮舞權杖般揮舞著手中的筆。布勒東編製過一部文集，其編纂所依據的是傑作的最高標準；他曾嘗試寫作「自動詩歌」，但那是為了從中提煉出誇張；更何況他的手稿還表明，寫作《磁場》的過程中，他曾對自己的文稿做過訂正、修飾、潤色，而蘇波[7]卻沒對自己的文稿做任何改動。「我們應該跟那種只留給所謂的菁英群體，而大眾都無法理解的傑作說再見……」亞陶[8]在《劇場及其復象》（一九三八）中如是說。這不是在質疑傑作，這是在質疑「一種」傑作，阿拉伯語中的「touhfa」一詞最能表達它的確切含義，這個詞還衍生出另外一個詞「mathaf」，意即「博物館」，字面上的意思是「寄放傑作的地方」（touhfa、mathaf、kessaku、jiezuo。可惜我認得的語言不如認識的朋友多，他們作我的朋友實在是品格高貴。每個民族都太傾向於將自己視為一個傑作）。

人們在一八四〇年至一九二〇年間，寫出了若干部或若干系列、長達三千頁的小說，只有遊手好閒的資產階級才有時間閱讀。它們是傑作中的堡壘，比十八世紀末的傑作還要厚重，但後者卻不比它們缺乏精妙的構造。工程之神知道有工程師頭腦的拉克洛[9]是否透過《危險關係》完成了一部工程師式的小說？上帝知道五幕悲劇和悲劇詩是否如建築般構造完整？可上帝並不存在，寫悲劇的伏爾泰明白這一點，但他還是將上帝稱為「建築師」。伏爾泰屈從於這項樂高遊戲（儘管這遊戲如此有悖於他可愛的精神官能症），創造出多部悲劇，其中有幾部極為優秀。他也寫過一些符合他緊張個性的書，卻與受到繁文縟節、緩慢遲鈍所支配的時代格格不入。那是一些像松鼠般靈巧輕便的書，一百頁的世紀歷史，簡短的詞典，以及所謂的哲學通信，實際上就是他拿手的獨白，法國人稱之為「談話」，說穿了就是不斷轉換話題。它們都是那個有血有肉、名叫伏爾泰的男人的作品，寫他的精神官能症，寫他年輕時對跳舞的喜愛，和一直存留到老的美好回憶，寫他對咖啡的迷戀（別喝這麼多，伏爾泰，你會把自己害死的。我生來就被害死了），寫他對腓特烈二世的熱忱，

7 菲利普·蘇波（Philippe Soupault, 1897-1990），法國作家、詩人、政治活動家，達達主義的積極主張者，與布勒東一起創立了超現實主義。

8 安東拿·亞陶（Antonin Artaud, 1896-1948），法國戲劇理論家、作家、詩人。戲劇理論代表作《劇場及其復象》（*Le Théâtre et son double*）收錄了他在一九三二至一九三八年間發表的戲劇論述。

9 肖德洛·德·拉克洛（Pierre Choderlos de Laclos, 1741-1803），法國作家、軍人，代表作為《危險關係》，他對數學與邏輯興趣甚濃。

還有對那個人的……他叫什麼來著，《四季》的作者[10]，莎特萊夫人[11]去世時他還大哭了一場，說：「她要了我的命！」寫他的胃病和他那顆溫柔的心，人人都斷定那是顆惡毒的心，可它卻讓他寫出了這樣的話：「人都會死兩次，我已看清／停止愛與停止被愛／那是一種難以承受的死亡／停止生命，卻算不得什麼」書籍是生動的、扣人心弦的事物，由真正的人所寫成。

沒有作家，文學就不存在。我認為人們要談論文學就不能不談到作家。談論他們的所作所為、他們是怎樣的人、他們的愛情、他們的歡笑、他們糟糕的行徑和出色的表現、他們的旅行、他們的品味、他們熱愛的事物……我明白，所有這一切都將影響我對寫作所投射的理想，並且防止這種理想走向幼稚。我不希望人們談起我書的時候，就像我什麼都沒做一樣。但我也覺得說出下面這種話的人十分奇怪：「我啊！我的生平就是我寫的書。」那他們二十五歲的時候做了什麼蠢事？

我們透過寫書，試著做一個更好的自己。無論我們的書形式為何，或長或短，是三句詩，還是三百頁的小說，都得要同等用心；這或許是神靈予我們自詡為創造者的一種報復。傑作的作者透過他們的書來嘲弄這些不存在的神靈，而他們的書則給人以神聖之感。

有誰知道它們是否離神靈最近呢？又或者，它們是否最能令我們接近神靈呢？

10 此處所指應為聖—朗貝爾侯爵（Jean-François de Saint-Lambert, 1716-1803），法國詩人、哲學家、軍人，伏爾泰十分欣賞他的才華，《四季》是他最重要的詩歌作品。

11 莎特萊侯爵夫人（Émilie du Châtelet, 1706-1749），法國數學家、物理學家和哲學家，她將牛頓的《自然哲學之數學原理》翻譯為法語。

世間總有聖典[1]

文學中傑作的多樣性和數量，比某些有意讓好東西變得稀有的人所列舉出來的數字要多得多；或許也比造型藝術中傑作的數量更多，這在某種程度上，是個空間的問題。一間公寓恐怕裝不下十件裝置藝術的傑作，而一座圖書室卻可以裝得下一千部傑作。

並非所有的文學傑作都被冒犯過，其實沒被冒犯過的有很多。索福克里斯的《伊底帕斯在克羅諾斯》、漢代的《古詩十九首》、奧維德的《哀怨集》、薄伽丘的《十日談》、克里斯多福．馬洛[2]的《愛德華二世》、莎士比亞的《理查三世》、詹姆斯．包斯威爾[3]的《約翰生傳》、拉辛的《費德爾》、斯湯達爾的《紅與黑》、華特．惠特曼的《草葉集》、韓波的《地獄一季》、托爾斯泰的《伊凡．伊里奇之死》、亨利．亞當斯的《亨利．亞當斯的教育》、眾所周知的那位的《追憶逝水年華》、契訶夫的《櫻桃園》、費爾南多．佩索亞[4]的詩集《阿爾伯特．卡埃羅》、史考特．費茲傑羅的《大亨小傳》、佛多里柯．賈西亞．羅卡[5]的《詩人在紐約》，以及尚·惹內、蘭佩杜薩、湯瑪斯·伯恩哈德的《鮮花聖母》、《豹》和《維特根斯坦的侄子》……

總之，人們知道它們，更妙的是，人們不質疑它們。我們或許可以說，文學傑作是一部不再遭到反對的偉大之書。一部傑作常常是一位年紀很大、在人們對她的百般崇敬裡昏昏欲睡的女士。她彷彿被罩在各種註腳所形成的僵硬羅網裡，因前人不斷重複地引用，而被千篇一律的引文格式固定在原地，耳邊充斥著令人疲乏的溢美之辭，那些人甚至可能根本沒看過她，她覺得無聊極了。這時來了個淘氣的孩子掀了掀她的裙子，於是她笑了，忽然間，她又恢復了活力。人們這才意識到她其實並沒有那麼老，是老傢伙們讓她長出了皺

1 法語裡的「canon」有多重含義，既指稱「宗教的正經、正典」，也有「標準、規則」的意思。
2 克里斯多福·馬洛（Christopher Marlowe, 1564-1593），英國伊麗莎白時代的劇作家、詩人及翻譯家，為莎士比亞的同代人物。
3 詹姆斯·博斯韋爾（James Boswell, 1740-1795），英國律師、作家。
4 費爾南多·佩索亞（Fernando Pessoa, 1888-1935），葡萄牙詩人、作家、文學評論家。
5 佛多里柯·賈西亞·羅卡（Federico García Lorca, 1898-1936），西班牙詩人、劇作家，被譽為西班牙最傑出的作家之一。

紋——我們或許可以把所有不假思索地重複老套的人稱為「老傢伙」。有些人十三歲就是老傢伙，老成得可以去做稅務稽查，在工會裡混上一輩子，或者去指控最高檢察官。這位上年紀的女士才不管那麼多，她從野孩子剛剛在羅網上製造出的縫隙中抽身而出，老傢伙們還在欣賞那張羅網，而傑作已經和淘氣的孩子逃向了海灘。

無論人們說它什麼，它都能夠抵禦，它的讀者們也是如此。他們決意不去理會人們為了打擊他們對傑作的信心所使用的陳腔濫調，堅持由自己作出判斷。好的讀者是世界上最不具有宗教性的生命，為了獲得更多樂趣，或者說為了內心的成長，他得以自由地審視這個世界。

他甚至可以否定傑作，沒人這麼做過。嘿！別忘了，這其實是否定他親身體驗過的東西。因為其他人的許多書，他全都讀過，那些書寫得更好，思維更精妙，運用意象進行思考（或許就是我們說的想像力吧），每一本都有與眾不同的步調，它們看起來很完美。於是他滿懷熱情地將「傑作」的地位賦予那些書。評論家們會毫不猶豫地用上這個字眼；在大學裡，人們則更加審慎，可這個詞雖然幾乎銷聲匿跡，卻並不影響它繼續被傳授下去（學生們要看的書單跟我剛剛列出的那份清單也沒多大出入，或許有一兩本是最近才被刪去的，而非過去就不存在）。世界上終究有一套標準（canon），一直以來都是如此。「標準：名詞、陽性。指規範、準則。古代時指被視為典範的作者名單；符合美學理想、用於確定雕像比例的固定規則的總和。」（《羅貝爾法語大詞典》）

對於可能正在創造傑作的實踐者，即作家們來說，我覺得否認傑作的存在將不僅是否定我所體驗的，還是否定我在每一本書中所嘗試的。我贊成衝動，贊成激情，以及所有這一切。當我們心懷衝動，有時會跌倒，可有時也會騰空起飛。無論如何，我們沒讓雙腳都停留在泥濘裡。

聖典之外的傑作

大眾知之較少的傑作更不容易遭受質疑；並非因為人們的崇敬，而是因為被遺忘。我也總是不願意談論它們，其中的一些是我自己發現的，獨自發現的強烈樂趣更增加了「我來對地方了」的感覺。何必給懶人提供方便呢？況且他們也做不出什麼好事來。這是一些珍貴而脆弱的書籍，我不想看到髒兮兮的爪子伸向它們。下面是我今天從腦海裡搜出的第一批好書（寶貝們，我就在你們身邊，別擔心）：

《歸途記事》（羅馬帝國，四二〇），魯提利烏斯．納馬提安努斯[1]

《俠義風月傳》（中國，十四世紀[2]），名教中人

《作品集》（法國，一六一二），菲利普．德波特[3]

《思想．勒格朗集》（德國，一八二七），海涅

《道德寓言》（法國，一八八七），朱爾斯・拉福格[4]
《從晨禱到晚禱》（法國，一八九八），法蘭西斯・詹姆斯[5]
《小城畸人》（美國，一九一九），舍伍德・安德森
《歌集》（葡萄牙，一九五九），安東尼奧・波托[6]
《再見，柏林》（英國，一九三九），克里斯多福・伊薛伍德[7]
《城市，我傾聽你的心聲》（義大利，一九四四），艾伯托・薩維尼奧[8]

1 魯提利烏斯・納馬提安努斯（Rutilius Namatianus），羅馬帝國時期的詩人，活躍於西元五世紀。
2 《俠義風月傳》又名《好逑傳》，是第一部譯成西方文字並出版的中國長篇小說。創作於明清兩代，具體成書時間不詳，但原文所寫的「十四世紀」有誤。
3 菲利普・德波特（Philippe Desportes, 1546-1606），文藝復興的法國詩人，曾用佩脫拉克的十四行詩譯聖經《詩篇》。
4 朱爾斯・拉福格（Jules Laforgue, 1860-1887），法國詩人，自由詩創始人之一。
5 法蘭西斯・詹姆斯（Francis Jammes, 1868-1938），法國詩人、小說家、劇作家，其作品靈感多來自質樸的鄉村生活。
6 安東尼奧・波托（António Botto, 1897-1959），葡萄牙現代詩人。
7 克里斯多福・伊薛伍德（Christopher Isherwood, 1904-1986），英國小說家，代表作有《柏林故事集》、《單身》等。
8 艾伯托・薩維尼奧（Alberto Savinio, 1891-1952），義大利作家、畫家、作曲家。

《蜿蜒》（法國，一九四六），萊昂—保羅．法爾格[9]
《乾燥季節的愛情》（美國，一九五一），謝爾比．福特[10]
《生命之屋》（義大利，一九五八），馬里奧．普拉茲[11]
《三角地朗德》（法國，一九八一），貝爾納．芒謝[12]
《耶路撒冷詩篇》（以色列，一九九一），耶胡達．阿米迦[13]
《美國》（美國，一九九三），戈爾．維達爾[14]
《非洲紀行》（義大利，二〇〇九），喬治．曼加內利[15]

其中一些作品，比如《美國》，是長達一千五百頁的政治及文學散文集，充滿了激進觀點與熱情。又比如《非洲紀行》，是只有七十五頁的簡練旅行紀錄，形象生動，飽含冷卻後的激情。有一些作品來自鄉村，卻有充分的理由自信，因為這個鄉村將成為世界帝國，比如舍伍德．安德森的小說，它勾畫出第一次世界大戰末期一個美國小城的居民生活。還有一些雖然出自帝國，卻無法維持自信，因為這個帝國將被正在成形且不懷好意的小國們摧毀，比如納馬提安努斯的作品，它記錄了一個羅馬人穿越被歌德人踐踏的故土、重返高盧的旅程。

有些書的作者則被人們視為災難之星，避之不及，比如馬里奧．普拉茲。在義大利，沒人會請他赴宴，因為生怕天花板會塌下來、稅務稽查員會找上門、闊綽的祖母會患上癌症等。我的一位法國女友把普拉茲的一本書送給她的一位義大利女友，這位友人——中午時分還賴在床上，頗有童話公主的風範（現實生活裡的公主們早就起床行善去了）——接過書，道過謝，順手就扔出了窗戶；書滑落到威尼斯運河裡，中途還砸到了貢多拉船夫的一隻眼睛。「哈，你看見了吧。」她對我的朋友說。

另一些書的作者不被看見，是由於愚蠢得出了名。比如法蘭西斯．詹姆斯（因為他在

9 萊昂—保羅．法爾格（Léon-Paul Fargue, 1876-1947），法國抒情詩人、散文家。

10 謝爾比．福特（Shelby Foote, 1916-2005），美國歷史學者、小說家，以描寫美國內戰歷史的三部曲《內戰》而著名。

11 馬里奧．普拉茲（Mario Praz, 1896-1982），義大利作家、藝術史學者、文學評論家。

12 貝爾納．芒謝（Bernard Manciet, 1923-2005），法國詩人、小說家、劇作家，出生於法國南部朗德省。

13 耶胡達．阿米迦（Yehuda Amichai, 1924-2000），以色列當代詩人，在以色列與國際詩歌界備受推崇。

14 戈爾．維達爾（Gore Vidal, 1925-2012），美國小說家、劇作家、散文家，出身於顯赫的政治家庭，是美國政治的犀利評論者。《城市與鹽柱》（一九四八）作為美國第一部明確反映同性戀的重要小說，因而引起社會爭議。

15 喬治．曼加內利（Giorgio Manganelli, 1922-1990），義大利記者、先鋒派作家、翻譯家。

詩裡讚美驢子。但他的愚蠢其實另有原因，那便是他愛慕虛榮且卑躬屈膝）；一些作品硬朗、機智、聰明，比如芒謝；另一些溫柔、嘲諷、難以抵禦，比如拉福格；一些是傷情的詩歌，比如波托；另一些是描繪家庭風暴的小說，比如福特；一些直白明瞭，另一些晦暗深沉，一些用散文寫就，另一些由詩句構成，一些……一部傑作，究竟是如何造就的呢？

傑作的標準

我尋找傑作的標準，可是我找不到。我們怎麼能在文學的層面上，把以下傑作聯繫起來呢？先說我自己喜歡的吧。

松尾芭蕉的《奧之細道》（日本，一六九一）、馬克斯．雅各布[1]的《黑室》（法國，一九二二）、尚福爾[2]的箴言集《完美文明的產物》（法國，一七九五）、布萊斯．桑德拉爾[3]的詩集《自全世界》（瑞士，一九一九）；或者，假如我試著比較一些看似具有可比性的作品，比如契訶夫的《三姊妹》（話劇）和田納西．威廉斯的《熱鐵皮屋頂上的貓》（話劇）、胡里奧．科塔薩爾的《萬火歸一》（阿根廷）和波赫士的《布羅迪醫生的報告》（阿

1 馬克斯．雅各布（Max Jacob, 1876-1944），法國詩人、作家、畫家。
2 尼古拉．尚福爾（Nicolas Chamfort, 1741-1794），法國作家，以其詼諧的格言、警句著稱。
3 布萊斯．桑德拉爾（Blaise Sendrars, 1887-1961），出生於瑞士的法國詩人、作家，歐洲現代主義的重要人物之一。

根廷）、帕索里尼的《定理》（一九六八）和艾伯特·卡恩[4]的《上帝之美》（一九六八）等……結果又如何？就算我把創作年代、創作國度甚至是作品的「類型」（其實我自己根本不信所謂的類型）對照起來比較，還是沒有任何頭緒。哈！拿它們作對比，就好像把亨利·德·雷尼埃[5]的《筆記》（日記，法國，二〇〇二）和馬蒂蘭·雷尼埃[6]的《諷刺集》（詩歌，法國，一六一二）放在一起，尋找傑作的共同點（只因為它們的作者姓氏相同）一樣站不住腳。

傑作沒有任何共同點。

這可不是什麼漂亮話，我從來不說這種話的。「說得倒漂亮！」老牛訓斥喜歡幻想又無憂無慮唱個不停的夜鶯時，就會扔出這句話。這種訓斥還會以開火結束，不對，從一開始就毫不留情。總有一天我會把我在《無所不包又空無一物的任性百科全書》裡沒有說透的那件事講得明白，當年只有十二歲的我遭受了王爾德式的審判——一個十二歲的孩子竟然被他的老師交給同班同學在大庭廣眾下質問羞辱！羅伯特·穆齊爾[7]筆下的學生托樂思都沒有這樣的遭遇。順便插一句，《學生托樂思的迷惘》（一九〇六）也是一部傑作，尤其是托樂思被仇視他的宿舍室友折磨的場景。各國教育部都應該把這本小說發給所有即將上中學的孩子家長。當年審問我的學生都是些野孩子，但真正的暴力製造者是那名老師，她假裝疏導學生的矛盾，實際上在背地裡導演了一切。這位女士是個共產主義者，而我十分不幸地出身自一個資產階級，卻進了公立學校，因為我的父親對耶穌教會學校十分厭惡。同學指控我的正式理由是所謂的「社交傲慢」，但其實我只是害羞，除了看書和傻笑什麼都不想。我生性快樂天真，他們說什麼我都接受，邊聽邊回答，邊跟他們理論，但當時沒有任何人幫助我，放學時我傷心極了。自詡為文明者，往往不過是缺乏教養的人被最有教養的掌權者利用罷了。（可見我也不總是反對盧梭主義，只要遭受過迫害就會明白的。）

就像麥可．傑克森的MV「Black or White」裡的鏡頭快速轉接一樣，「仇恨」的面容對我而言，先是那個肥膩、蒼白、呆板、梳著髮髻、長著刀片般紅嘴唇的女人，隨後又變成那個肥胖的、根本不認識我、卻總在放學時打我的無名氏，然後是服兵役時，那個有著

4 艾伯特．卡恩（Albert Cohen, 1895-1981），瑞士作家，以法語寫作。
5 亨利．德．雷尼埃（Henri de Régnier, 1864-1936），法國象徵主義詩人、作家。
6 馬蒂蘭．雷尼埃（Mathurin Régnier, 1573-1613），法國諷刺詩人。
7 羅伯特．穆齊爾（Robert Musil, 1880-1942），奧地利現代主義作家。

光亮的嘴唇和惡狠狠的目光，只要看到我就會像野獸一樣低吼的駝背，再變成那個喜歡對我發出怪叫的電視記者。與此同時，有一張面孔不定期地重複閃回，如同不公平遭遇總是出人意料地降臨，它是所有這些形象的源頭，那個梳髮髻的女人……面對如此之多、精心策劃卻全然非法的制裁行為，我目瞪口呆。對那個陰險的女人來說，我究竟代表了什麼？她是如何賦予自己那樣的權力，其他人又如何放任她的行為，而且怎麼會沒有一個人站出來說話？如今我終於明白，接受理論的創始人、學院先鋒派統帥漢斯・羅伯特・堯斯[8]在二十世紀下半葉的德國為何會那樣走運。一位美國人在一九九〇年代發現他曾是個納粹；他不僅曾是納粹，而且還是武裝黨衛隊的成員；不僅是武裝黨衛隊的成員，而且還是主動加入的；不僅主動加入，更是在一九三九年加入的，作為軍官全程參與了戰爭。更甚者，他是一名作為聯絡處的軍官；且還在紐倫堡接受過審判。我們還發現過同樣的事情嗎？只要整個康斯坦茨大學的人都達成默契，就足以讓此事祕而不宣。整個德意志都是如此。

直到一次學術會議將在美國召開，他被拒絕頒發簽證（此前他已造訪過美國幾十次）。辦事的小官僚錯把他當成了另一個被追蹤的堯斯，而這個頗有些格雷安・葛林式的諷刺性錯誤把他的祕密暴露了。一位美國記者讓這段曾經廣為人知、卻因為整個國家的共謀而又被完全隱藏的過去重見天日，「默許與噤聲」，這似乎很可以成為一篇關於人性之殘酷的論文標題。祕而不宣的事奪走了人的生命，被害者死了，人們卻不知情，殺人犯依然逍遙法外。堯斯只作過一番牽強的解釋，甚至連道歉都沒有，直到七十五歲時平靜地死去。

我那梳著髮髻的維欽斯基女士，如今大概成了一位繫著花圍裙、給植物澆水的老婦人，她甚至從沒機會承認自己策劃過折磨一位少年的事件……好了就到這裡吧，那些揮之不去的童年傷痛，儘管我們已將它們化作嘴角的一抹笑。老牛們已經走遠。有人知道，老牛向夜鶯發起的戰爭，其實是一場生命的戰爭嗎？其實後者沒有對前者做任何事——不對，他們唱歌了，他們沒作出謙遜的姿態，他們躲進傑作裡，在那裡加倍地引吭高歌，就好像世界上只剩下文學這點不值錢的東西。

傑作之間的相似之處如此之少，每一部都像是絕對的唯一。沒有一部傑作與其他作品

---

8 漢斯・羅伯特・堯斯（Hans Robert Jauss, 1921-1997），德國文藝理論家、美學家，接受美學理論的主要創立者和代表之一。

相似，未來的傑作也不會有一部與前輩們相似。傑作是一種決裂，與平庸的決裂，這也是它會令人震驚的原因。平庸者才擁有最大的數量。

每部傑作都存在於一個時代、一個地點，或者與之聯繫極其緊密。到目前為止我所提到的作品，沒有一部是脫離於時空的、不具有時間性的、飄忽的。我在看一位葡萄牙作家的書，我喜歡他的前一本，熱情、黑暗、如海洋一般，最後這個詞含義模糊，說明我已經不太清楚那本書究竟如何，但不管怎樣，我記得我很喜歡它。他的新書陰沉、誇張、軟弱無力、諂媚，像一支破碎的葡萄牙民歌。當一本書失敗的時候，整體的種種缺陷會在局部爆發。這位曾經昇華了葡萄牙特質的作者，在新作中複製了有關葡萄牙的刻板印象；我說的不是主題，而是形式。假如換一個法國人來做這件事，會變得枯燥且拘泥於細節；換個德國人，又會變得冗長而粗暴。傑作突出的代表性，會令它們變成某種理想。它們已經超越了時間、民族，甚至它們的作者。是否可以說，它們是普世的？普世性在我看來，是希望代表全體的大多數人創造出來的一個概念。這群「大多數」運用這個恐怖主義單詞逼迫眾人接受他們的趣味；反對民主的法國共和主義分子慣常使用這個詞，像實施敲詐一樣，用它來嚇唬純樸天真的人們：「你們要像我一樣，否則法蘭西就會亡國！」說得好像跟他們唱反調的英國已經完蛋了一樣。假如「普世性」一詞所到之處人們沒有頂禮膜拜，這群「大多數」又會宣布另一個概念，那就是「群體主義」[9]，這概念從他們嘴裡說出來平庸無奇、渾身泥汙、臭氣熏天、充滿惡意。每一部傑作，正如我列出的那些書單所顯示的，都是獨一無二的，傑作中蘊含著唯一性，傑作是群體主義的。

大眾流行性？拜託，我們又不是在做一檔討論社會的電視節目。假如一部傑作在大眾中流行，那跟作品本身的品質無關。除了透過誤解和宣傳，沒什麼東西是大眾流行的，而且我認為沒有一部傑作真正流行。葡萄牙偉大詩人佩索亞的流行程度，比起已經去世的蘋果總裁史蒂夫．賈伯斯又如何？我們給這些商人賦予天才的稱號比給作家們的積極多了，可他們最為鄙視傑作。賈伯斯，這個頑固的清教徒……

二〇一〇年，美國諷刺畫家馬克．菲奧里（Mark Fiore）向蘋果公司申請，把推廣他的新聞漫畫的應用程式放到Apple Store裡銷售——申請被拒，因為他的漫畫「嘲弄公眾人

9 法語為「communautarisme」，該詞在法國社會的政治討論中時常出現，被不同的團體賦予不同的含義。共和主義者使用該詞批判法國社會的少數族裔在族群利益面前無視共和政體、政教分離等理念，對外部世界採取封閉態度的傾向。代表少數族裔的組織則使用這個詞來宣揚群體的平等權利。

物」。看清楚——諷刺漫畫「居然」嘲弄公眾人物！月亮「居然」是圓的！茉莉「居然」是白色的！被拒幾天後，菲奧里榮獲普立茲新聞漫畫獎。在一封絕對有誠意的信件裡，賈伯斯親自執筆告訴菲奧里他的應用程式通過申請了。另外。賈伯斯從未停止過追查「色情」，像許多清教徒一樣，他對此簡直著了迷。他一直自豪地聲稱iPhone和iPad上沒有色情內容，但其實他非常清楚有人在裡面發布「性網站」的應用程式。唉，身價億萬的偽君子。Gizmodo網站把一台iPhone 4的原型照片公布到網上的時候，他說：「這台手機被盜了。私人物品被竊並被盜賣。有人想借機敲詐現金，我甚至確信這其中有性交易。」（彭博商業周刊，二〇一〇年六月）

「我確信這其中有性交易。」蘋果公司沒有一天不在對這個或者那個手機應用程式實施道德審查。比如改編自《格雷的畫像》的漫畫，王爾德的這部小說裡沒有一段真正寫到某個人物想跟另一個人上床，可是漫畫卻這麼表現了，我們是不是就因為漫畫版的過度解讀而把它禁掉呢？

傑作不是脫離於時空的。它們來自各自的地點、各自的時代，來自我們。人類才是個例外，傑作如是說。

過程，這乖張的字眼

女作家拉希爾德[1]曾以她男性化、討人喜歡、略顯簡短的方式這樣叨唸：「我根本沒興趣知道一部傑作是怎麼形成的。」（《男人群像》，一九二九）可是尋找它也並非全然無趣——雖然知道沒人會找到。

分析「創作的過程」，這問題看似十分文明，對我而言卻帶著些野蠻的色彩。就好像剖開一隻夜鶯的胸口來看看牠究竟怎麼唱歌的。瞧！牠不再唱了！研究的人這樣說著，從血液到羽毛全看了一遍，又盯著解剖刀的尖端，一顆頂針大小的心臟緩緩地向孤零零的胸骨滴著血，下面是黏稠的內臟。在我看來，我們永遠也發現不了那個「過程」。至少，就我看過的文體學書籍而言，比如寫普魯斯特的吧，沒有一本道出了真諦。我們甚至可以說，

1 拉希爾德（Rachilde, 1860-1953），法國作家，沙龍女主人；她關注性別問題，並且以男裝形象示人。

普魯斯特有意耍了點小聰明，讓人無法完全領悟他的奧妙，那些專心致志卻根本走錯路的傢伙只能原地打轉，最後跌倒在地，吐出幾個深奧的、看起來更像是病理學名稱的詞彙，諸如「提喻法」(Synectics)、「與文本的關係」、「關節點」。就在他們快要氣絕身亡的時候，普魯斯特卻身穿睡衣，下了床，跳起了方塊舞。

作為方法和機制的「創作過程」是不存在的。但是「創作過程」裡可以找到感覺、放任、不可預見，以及一切可遇不可求、見了人就跑的東西。它們的存在恰恰就在於這種難以把握的特性。想了解一個作家是怎麼做到的，可是作家自己都不完全知道，而且他也不想知道。在他從事寫作的所有自我裡，總有一個明白其中的奧妙（或多或少），可是創作者們知道該製造些必要的不公平，跟這個自我保持距離。假如把他推到台前，他將有可能把我們變成傲慢與平庸之王。對一個作家而言，文體學（la stylistique）並非文體學，而是他的呼吸。不妨讓他相信，這呼吸是由神靈們支配的吧。

靈光一閃是天神們的作為。所謂功勞，只屬於祂們。假如常有靈光閃現，這只會說明天神手裡的骰子被動了手腳。有台機器在製造靈光，天命被人操縱了。作者其實就是一個掌握了皮媞亞[2]祕訣的聰明人。

——保羅・瓦勒里，《一八九四—一九一四筆記》

怎麼說呢？我後面還會講到瓦勒里。作者或許掌握了皮媞亞的祕訣，可是當他運用到這些祕訣的時候（假如他真能用得上），就會被它們超越。冰冷的創作機制會被激情烘熱。神靈們確實存在，但就在我們的心中。（噓！）沒有一位偉大的創作者能夠從頭到尾施展騙術、成功作弊，哪怕他有過這樣的意圖。即便艾爾莎・莫蘭黛[3]的《歷史》中流淌著一絲這樣的狡黠，這部小說就整體來說還是真誠的。我甚至認為莫蘭黛被自己裝出來的真誠所圍困、侵蝕，最後被完全征服。只有機器人才不致於假戲真做。真誠從來都不是美學上成功的標誌，但如果想達到成功，真誠是必不可少的。狡黠可以贏得九十九步的成功，卻會在最後一步功虧一簣。就像所有聰明異常卻感覺遲鈍的人，瓦勒里太迷信智力了。倘

2 在古希臘神話中，皮媞亞是德爾菲城阿波羅神廟裡宣示阿波羅神諭的女祭司。

3 艾爾莎・莫蘭黛（Elsa Morante, 1912-1985），義大利作家，《歷史》（*La storia*）為其代表作。

若智力才是傑作唯一的作者，某些法蘭西特有的、其身分偏重哲學家、卻又帶著一點作家的味道、而且一直希望自己變得更像作家的知識分子（我曾在自己的一部小說裡稱他們為「與文學調情的人」，並嘗試解讀他們），比如羅蘭・巴特吧，或許早就可以寫出一部他做夢都想寫的小說了。

假如只需運用祕訣，人們恐怕早就用了，因為人總不致於迫切地想把自己做的事搞砸。一個好例子就是十四行詩，它的規則很簡單，兩段四行詩、兩段三行押韻詩，ABBA，ABBA，CCD，EED。可是，並非所有十四行詩都是傑作。如果說——只是如果——贊佐托[4]的十四行詩不如帕索里尼的好，那不是因為帕索里尼更透徹地運用了如此簡單的規則，而是因為他猜測得更準，什麼更適合他正在寫的那一首十四行詩。他彷彿用眼睛的餘光觀察著這套規則，內心卻追隨著文學的本質、情感。

情感就像沙漠中高溫的起伏，無法用精密的儀器測量。一切美學在本質上都是虛假的，還有一切社會學、政治學或者倫理學對文學作出的闡釋，這些龐大的模型（或框架）遇到飛鳥的影子便會粉身碎骨。我既不相信傑作存在所謂技藝性的構思，也不相信任何有關文學的絕對闡釋。這並不是說我不相信闡釋，而是因為所有闡釋都已顯露出各自的局限。(法語的)「傑作」一詞,在我看來是那麼不確切,其含義似乎把作者降格到了一個沒有創造能力的樣板複製者;可是如果我想把它推翻,並換以另一種表述(比如「偉大的作品」好像還不錯),我又要花費許多時間,產生更多的錯覺。

與規則相反,情感不是一個普遍性因素,作家也不會單單對它言聽計從。他對情感的處理就好像一個孩子從岔開五指的手後面觀看世界。就連瓦勒里和與他相近的作家也是如此。假如瓦勒里說人們用到了祕訣(我們先作此假設)——其實是他自己這麼做了;為他提供祕訣的人很有名,他叫馬拉美;只不過,當瓦勒里講述他所體驗的,或者更確切一點說,他所體驗過的情感時,帶著一種與對象的距離,這距離比我們通常放進抒情詩裡的距離稍高一層。我們知道,「予我倦意的/令人憂鬱的混沌之感」[5],是瓦勒里無法擺脫的煩惱之一,因為從他的《筆記》開始就已經讀到,他也許是唯一一個描寫起床時段的詩人,而且該詩如此偏離正統詩學,任何格律或詩律學的條文恐怕都不會允許他這樣做。作家中

4 安德里亞・贊佐托(Andrea Zanzotto, 1921-2011),義大利二十世紀最重要的詩人之一。

5 取自瓦勒里的一首詩〈晨曦〉(Aurore)。

最像知識分子的人也就是這樣了，他們絕不會墮落到去投靠哲學。

傑作有一種永恆的外表，人們覺得它一直都存在，這也會讓人相信它是有規則的。有些人需要規則，比如瓦勒里，還有那些猶豫不決和嫉賢妒能的人，承認一部高於他們、且能將他們帶到天使身邊的作品存在於人間會讓他們憤怒。他們對於規則的信仰，就是為了把傑作帶回凡間，放在他們身上？

一部傑作對蠢貨而言總是面目可憎，正因如此，假如它令人墮落，便會比平庸之作更顯可愛。

——巴爾貝—多雷維利[6]有關《悲慘世界》的文章，《作品與人》

其實我只想把這句話的前半部分寫出來：「一部傑作對蠢貨而言總是面目可憎」，但大家都知道巴爾貝—多雷維利說過什麼。他像一隻怒氣沖沖（雖然這怒氣來得快、去得也快）的螯蝦挺直了身子，半開玩笑地甩出這句狠話。由於他自己上演的人生鬧劇，巴爾貝無法成為反叛的傑作[7]。也好，某個類型的傑作在該類型中從來不是唯一，每種文學都有這樣刀子嘴豆腐心的人。在英國，波普[8]恐怕就算是一個。沒錯，亞歷山大．波普，寫《愚人志》（一七二八）的那一位，試想什麼性格的人會浪費時間專門寫詩抨擊笨蛋呢？這類作者雖然看似跟隨大眾，內心卻懷著一個少數派。巴爾貝的內心深處就住著一個濃妝豔抹的女弄臣，他無法為這個少數派表達，便只好將她送上遭人厭惡的天主教之路。千萬別像我們之中的許多人那樣，相信這個可愛的小丑所說的一切，最好觀察一下他說話的方式。下面就是一些這樣的傑作：

麥克斯．畢爾彭[9]，《朱萊卡．多卜生》（一九一一）

---

6 巴爾貝—多雷維利（Jules Amédée Barbey d' Aurevilly, 1808-1889），法國詩人、作家、文學評論家，對十九世紀法國文學的發展具有重要影響。

7 巴爾貝年輕時，崇尚自由主義及無神論，從一八四六年起信奉天主教，成為教皇絕對權力的狂熱支持者，與此同時，又保持著放蕩的生活方式。

8 亞歷山大．波普（Alexander Pope, 1688-1744），十八世紀英國詩人，以諷刺詩著稱。

9 麥克斯．畢爾彭（Max Beerbohm, 1872-1956），英國作家、諷刺畫家。

安德烈·別雷[10]，《彼得堡》（一九一三）
馬拉帕爾泰[11]，《毀滅》（一九四三）
三島由紀夫，《午後的曳航》（一九六三）
馬奎斯，《百年孤寂》（一九六七）

這些作品也許缺乏真誠（真實感）而無法晉升為偉大的傑作，但也有人在別處做到了，比如我認為馬奎斯的《預知死亡紀事》（一九八一）就是一例。真誠是一種自我釋放，釋放自我便可以捕捉到一些事物，它們優美且出人意料，像一位空中女飛人，看似被同伴拋了出去，卻又在途中抓住了一縷輕紗。

10 安德烈·別雷（Andrei Bely, 1880-1934），俄羅斯詩人、作家，對現代俄羅斯語言產生過重要影響。
11 柯西奧·馬拉帕爾泰（Curzio Malaparte, 1898-1957），義大利記者、作家、外交官。

傑作沒有樣本

世上不存在經典的傑作。經典性在我看來，不過是保守主義者努力證明自己缺乏想像力的一項發明。拉辛和布瓦洛這兩位除了相互認識，幾乎沒有共同之處，前者是個詞彙匱乏卻成功寫出動人戲劇的幻想家，後者則是個自視頗高的庸常之輩，為了在韻腳上能放進一個莫名其妙的詞而高興得忘乎所以。可他們偏偏是朋友，並且相互恭維。布瓦洛尤其恭維拉辛，他需要後者的威望，更不用說後者絕妙的人際關係網——拉辛有路易十四的情人孟德斯潘夫人的扶持，《伊菲革涅亞》就是他一六七四年在凡爾賽宮祝賀法蘭琪-康堤併入法蘭西王國的慶典期間創作的，凡此種種；從拉辛這一方來說，因為恰好擁有高度的文學意識，他並未過度吹噓這位朋友而使其身價降低。為了保護自己，拉辛們跟布瓦洛們在高級餐廳共進午餐，跟素不相識的「紅眼病們」說，他們想做的從來不過是心懷謙卑地模仿尤里比底斯或者索福克里斯。「模仿」，聽上去更像是手藝人的事，儘管它可能具有極高的品質，而完全沒有傑作式的危險。傑作既會令高尚的心靈心馳神往、激情勃發，也會讓低賤的心靈倍感羞辱，燃起仇恨，猶如一塊易怒的陰影跟隨著一切創造活動，嫉妒不喜歡原創事物。什麼?!這作者不僅創作了，而且還有可能是新東西？

傑作是人們可以複製的一件樣本，但這樣做毫無意義。一些作者在著手重寫《克萊芙王妃》[1]，這就好像遊樂園裡仿造的威尼斯城，既做得不好，又毫無意義。因為它已經存在了，而且「重寫」也是不可能的。一切形式都是作者本來面目的必然結果，正如我們給女僕穿上公主裙也是徒然，她看上去就像個小女孩被迫模仿瑪丹娜給媽媽開心的。

有時候，模仿年代極其久遠、且有些被遺忘的作品倒能取得成功，人們甚至將模仿作品視為傑作。這種高調的剽竊總是有規律地出現，比如維克多．雨果在《呂伊．布拉斯》（一八三八）中效仿了高乃依，愛德蒙．羅斯丹[2]在《大鼻子情聖》（一八九七）中效仿了《呂伊．布拉斯》；保羅．克洛岱爾[3]在第二次世界大戰期間效仿了梅特林克[4]第一次世界大戰之前的戲劇。古樸可以成為成功的條件之一，不過藝術品的顯赫聲名並不是博物學家們造成的，更不是戀人們，而是這樣一群廣眾，他們不了解過去藝術品的形態，可能會認為它們來自當今，但絕不會把它們想像成未來。他們喜歡它，因為他們看到了老相識。奶奶也喜歡一件跟它類似的東西！那一定就是傑作了！指認這種傑作式的傑作就好像星期天去逛跳蚤市場。哎呀！看看這把鄧南遮[5]，羅斯姨媽午休的時候躺的就是這樣！……我正想著我們把曾祖父留下的丁尼生[6]都扔了，結果這裡能賣這麼高的價錢！……

唉，多少傑作的仿製品試圖催生傑作，最終不過是維護原作自身的榮耀。傑作是一位有著眾多不育子女的父親，兒女們效仿他，卻都沒能跨出家門。他統治著家族，體態龐大猶如蜂王，數以千計的後代們在他身邊盤旋，伸出一面鏡子照向他的臉。很快，精疲力竭的兒孫們紛紛落地，沒留下半點聲息。被模仿的感覺真好，傑作如此轟鳴地說，正如對鄰近的蜂巢毫無興趣，他也不會出席兒孫們的葬禮。

1 法國作家拉斐特夫人（Madame de La Fayette）於一六七八年匿名出版的小說，被視為法國文學的重要著作。
2 愛德蒙・羅斯丹（Edmond Rostand, 1868-1918），法國劇作家、詩人，法蘭西院士。
3 保羅・克洛岱爾（Paul Claudel, 1868-1955），法國詩人、劇作家、外交官。
4 莫里斯・梅特林克（Maurice Maeterlinck, 1862-1949），比利時詩人、劇作家，一九一一年獲諾貝爾文學獎。
5 加布里埃爾・鄧南遮（Gabriele d' Annunzio, 1863-1938），義大利詩人、記者、戲劇家。
6 艾爾弗雷德・丁尼生（Alfred Tennyson, 1809-1892），英國桂冠詩人。

傑作生來就是傑作

傑作並不來自人類理性停歇後的突然爆發。我不認為未來比現在具有更令人信服的品位。古希臘人在索福克里斯在世時就給了他所有榮譽。假如有評論認為唯有未來才能指認傑作，那實在是一種自命不凡。你說什麼？這樣做很有可能是為了安撫那些沒有創造能力的人高傲的心？……可不是嗎？理性不過如此。一部傑作的出處不像傑作本身那麼激勵人心，同樣，那些令一部分人將作品掂量再三，試圖證明自己並非受騙的理由，也不那麼吸引人。嚴肅的讀者有著直覺的敏銳和偏頗的熱情。用於判斷的所謂「距離」其實與時間無關，而是關乎內心的敏感，直說吧，就是愛。將價值評判交付後世，是給予死亡過多的特權。

我想說，每次傑作出現，人們總是立刻或者幾乎立即就會知道。《尤里西斯》問世前五年，懂得閱讀文學的人們就已發現喬伊斯的偉大才華；雖然他的第二本書《青年藝術家的畫像》（一九一六）遭到了評論界的不公對待，有一個人卻指出「一位極其大膽且富於實驗性的作者」剛剛出現，此人就是大名鼎鼎且為人慷慨的赫伯特．喬治．威爾斯，《世界大戰》、《隱形人》、《莫羅博士島》的作者，而他無須透過支持年輕一代來維繫自己的榮耀（參見一九一七年三月十日的《新共和》）。

普魯斯特的前幾本書銷路不好，但有相當數量的讀者知道發生了些什麼。在保羅．莫朗的《一位使館專員的日記》（一九四八）中我們可以看到，早在一九一六年，雖然當時《追憶逝水年華》僅出版了《在斯萬家那邊》，但文學界人士已經知道馬塞爾．普魯斯特是一位極其重要的作者；在描寫他最後一次出席上流社會聚會（一九二二年一群英國贊助者為史特拉汶斯基舉辦的慶祝活動）的《普魯斯特在富麗酒店》（作者理查．達文波特－海恩斯，二〇〇六）一書中，我們得知，雖然他的作品還未翻譯成英語，但他在英國已十分知名。傑作總會引起強烈迴響，即便是在一個小圈子裡，而且恰恰因為是在小圈子裡，它有時甚至會引起眾聲嘩然，帶來瞬間的名氣：比如D. H.勞倫斯的《查泰萊夫人的情人》。顯然它引發眾聲嘩然是因為人們將它簡化至它的主題（而且是它外在的主題）。所有沒讀過它以及不打算讀它的人，都可以在道德上表現出他們所謂的反感，但這種反感不過是惱怒，一切新事物向他們傳遞的都是惱怒。即便未引起大眾的轟動，人們還是會知道，一位特別的、怪異的、令人困惑的奇才出現了。文學的鐵桿愛好者們會盡其所能地使這本書獲得其應得的待遇。

一部傑作就是一場喧嘩，只不過，這是一朵花的喧嘩。喜歡巨型卡車的人不會注意到它（陽光照耀下，某些行駛在悠長而平坦的公路上的巨型卡車還是很美的）。無論見過這朵花的人有多少，它的獨一無二是不容否認的。傑作自會被人發現。嫉妒的人或許不會立即使用「傑作」這個字眼來指稱它，但嫉妒者也無法阻止它破殼而出；他們的嫉妒甚至是傑作的一種寄生物。是啊，那些嫉妒的人！還有愛慕者。他們見識過傑作的雙眼如同被施了魔法，口中不由自主地迸發出那個詞。「傑作」是幸福時刻一聲笨拙的尖叫。

有多少謹慎、誠懇、委婉的人，得知我在寫這本書時對我說：「你覺得我們現在還可以像從前那樣說『這是一部傑作』嗎？」是啊，麻煩的情結。它想讓我們承認評論家們常說的另一番話（但絕不會是創作者們的話），在他們看來，傑作的時代已經過去了。歐洲尤其乏善可陳，只能撣一撣祖傳古董上的灰塵，為自己不敢繼續寫作而辯解，而歐洲文學也成了一個滿臉皺紋的小老太婆，坐在好心人推動的輪椅上，看著破舊鏡子裡的那顆腦袋，和上面那三根椰子殼的毛，而那曾經是一頭壯麗雄獅的金色鬃毛。說得好聽一點，這一切都和愚蠢地將評判留給後世的觀念有關，而這又是來自關於死亡的、令人寬慰卻相當錯誤的觀念，似乎我們在世時不敢做的一切，我們都確信死亡將為我們做到。但它什麼都不會做，我們該自己做，我們該自己說，死亡並不比我們更有品味。我們對現在從來都沒有足夠的信心，這可憐的、被蔑視的現在，就因為它即是我們。

有才華的人如此之多，我們不斷看到蘊含著某種優異品質的作品橫空出世。它們是一種信心的產物，它們也製造著信心，創造它們的人對自己、對文學、對他們所處的時代都懷有信心。他們押下一個賭注，這賭注又被世人贏得，多麼令人興奮。傑作總給人一種奇蹟的感覺，所以人們會對它如此崇敬。

雖然看似永恆，傑作卻是現在的一個片段。而且恰恰因為來自現在，它才顯得永恆；現在總給人一種永恆不朽的感覺，只須活著就能夠體會。怎麼？現在已經八點一刻了？真是荒唐，原來我一直都存在著。永恆的理念其實就來自存在（exister）這一簡單的事實。而虛榮如理念者並不願承認它出自感覺，於是它一口咬定自己出身於純粹的抽象思維，彷彿這東西是一個真實的存在。其實一切都來自於人，而傑作則是凝固永恆的現在。

傑作只代表它自己

雖然是當時的產物，傑作卻並不代表當時。因為它的稀有，它甚至與當時相對立。伊夫・克萊因[1]的一幅單色畫能夠代表一九六〇年代的法國嗎？

所謂「有代表性」，應該是《巴黎競賽畫報》推崇的那些大畫家——貝爾納・布菲[2]、喬治・馬蒂厄[3]，更不用說夏普蘭—米迪[4]，法蘭西共和國總統的肖像畫家了。即便我拿克萊因表現特殊對象的作品來舉例，比如他為馬歇爾・雷斯[5]或阿曼[6]所作的浮雕式肖像，這些畫除了以當時的藝術家作為肖像主體，不具備這個藝術類型的任何特點，它們看上去彷彿是從祈願池中走出的抬轎人。

再來說說這些特殊對象！它們沒有別的功用，只是為了讓形式更為突出。克萊因創造的形式如此特別，人們已不由自主地愛上它，它令我們幻想：他的時代已留下他深刻的印記，假如愛慕之情化為某種論據，我們甚至覺得他就代表著那個時代。但其實克萊因只是在表現（代表）他自己的夢想，它們是這麼了不起，以致於我們都認為它們就是現實。但我們對天才的信任還不夠。（「天才」，和「傑作」相同，是一個被流行的、幼稚的解釋汙染了的字眼，有些人不相信天才也可以出現在一隻十五歐元、帶著聖母升天圖案的瓷杯或盤子上。他們在乎數量，卻忽略了重要性。天才從來沒有裝飾作用，那是人們強加於它的。但畢卡索沒有因此怒吼，普魯斯特沒有，馬奈沒有，巴赫也沒有。我們或許可以說，天才是一位有特別才華的人將才華以特別的方式施展出來的結果。）當人們回顧往昔，傑作便將它的色彩賦予時代。傑作是把才華贈予過去的一刻現在。

……我肩上這一大堆東西是什麼？……哦！有人向我倒了整整一卡車的寫實主義傑

1 伊夫・克萊因（Yves Klein, 1928-1962），法國藝術家，被視為戰後歐洲藝術的重要人物，行為藝術先鋒，新現實主義、普普藝術的代表藝術家。
2 貝爾納・布菲（Bernard Buffet, 1928-1999），法國表現主義畫家。
3 喬治・馬蒂厄（Georges Mathieu, 1921-2012），法國抽象表現主義畫家。
4 夏普蘭—米迪（Chapelain-Midy, 1904-1992），法國畫家、裝飾藝術家。
5 馬歇爾・雷斯（Martial Raysse, 1936-），法國新現實主義藝術家。
6 阿曼（Arman, 1928-2005），法國畫家、雕塑家，新現實主義的代表人物。

作！福樓拜、巴爾札克、左拉、托爾斯泰、喬治．艾略特、史特林堡[7]、維爾加[8]、艾薩．德．克羅茲[9]……一談到形式，天空就會布滿這些十九世紀的火箭。彷彿文學就不會是李白、薩迪[10]、卡瓦爾康蒂[11]、拉伯雷、貢戈拉[12]、約翰．多恩[13]、維奧[14]、馬里沃[15]、荷爾德林[16]、伊麗莎白時代的戲劇、波斯情詩和中世紀諷刺詩、日本的能樂、馬達加斯加的對話體詩、《伊斯法罕的玫瑰》[17]以及《L=A=N=G=U=A=G=E》雜誌[18]的詩人，彷彿它對寫實主義並不陌生。

雖說人數不多，但他們是寫實主義的代表人物。說起他們是寫實主義者……被人認為是時代無情揭露者的巴爾札克，總是選取發生在他出生前至少二十年的故事。我不想譴責他太謹小慎微地運用時間差，假如他真的描寫當權者的權力運作多半會掉腦袋，我想嘗試回應那些將巴爾札克作為寫實主義權威的人。這些讀者一邊忍受著當權者的肆意踐踏，一邊意淫地認為閱讀有關壓迫者父輩們的一切便是報仇雪恨。一切？什麼一切？巴爾札克在哪裡描寫過令斯湯達爾氣憤至極的祕密反動社團？又在哪裡寫過那些維護國王、讓民眾瞠目結舌的神職人員？類似的例子還有不少。巴爾札克寫出的是透露著巴爾札克的傑作，包括他反對革命、擁護君主政體的意識。沒有哪個寫實主義者會用《被遺棄的女人》中那種憐憫的口吻來談論愛情，或者像他那樣孜孜不倦地描寫長裙和梳妝台前的女人。巴爾札克彷彿是一個仙境的來者，卻向我們聲稱他在描繪真實的人生，可是我們並不因為他在每部小說裡多次自詡為歷史學家便應該相信他。如果有人跟我提到《冷血》[19]，說這部報導文

7 奧古斯特・史特林堡（August Strindberg, 1849-1912），瑞典劇作家、詩人、畫家。
8 喬萬尼・維爾加（Giovanni Verga, 1840-1922），義大利作家，以描寫其家鄉西西里生活的作品著稱。
9 艾薩・德・克羅茲（Eça de Queirós, 1845-1900），葡萄牙詩人，以現實主義詩歌著稱。
10 薩迪（Saadi, 1184-1283或1291），中世紀波斯最重要的詩人之一，代表作有《果園》、《薔薇園》。
11 卡瓦爾康蒂（Cavalcanti, 約1250-1300），佛羅倫斯詩人，但丁的好友，並對其思想產生過影響。
12 貢戈拉（Góngora, 1561-1627），西班牙巴洛克詩人。
13 約翰・多恩（John Donne, 1572-1631），英國玄學派詩人。
14 泰奧菲爾・德・維奧（Théophile de Viau, 1590-1626），法國巴洛克詩人、劇作家。
15 皮耶・德・馬里沃（Pierre de Marivaux, 1688-1763），小說家、十八世紀法國最重要的劇作家之一。
16 腓特烈・荷爾德林（Friedrich Hölderlin, 1770-1843），德國浪漫主義詩人、唯心主義的重要思想家。
17 法國巴納斯派詩人勒貢特・德・列爾（Leconte de Lisle, 1818-1894）所作的情詩。
18 美國先鋒派詩歌雜誌，僅在一九七八年至一九八一年刊行，但在詩歌界影響廣泛，其推出的詩人被稱為「語言派詩人」。
19 《冷血》（*In Cold Blood*），美國作家楚門・卡波提（Truman Capote, 1924-1984）的紀實文學作品，開創了非虛構小說的先河。

學的傑作之所以新聞記者都寫不出來，恰恰因為它不是報導文學，我會說其實它根本就是一部愛情小說。這個故事本不該讓人覺得冷，只是因為人物總在重複說過的話，而這些話有一部分是作者自己編造出來為評論家們增加話題的（所謂「非虛構小說」）。在敘述這樁一九五九年發生在堪薩斯的四人謀殺案的過程裡，楚門・卡波提顯然愛上了兩個殺人犯之一。每次提到佩里・史密斯，他本該保持「冷血」（冷靜）的文字就開始顫抖。事實上，不僅罪犯在實施殺人時表現出了冷漠，作者在講述故事時也持有相同態度。各位覺得楚門・卡波提能夠阻擋得了他人的諷刺嗎？

藝術作品令我感興趣的地方，就在於它外表的變化。一位藝術家從一次觀察、一種感情、一樁事實或一個夢出發，試圖賦予它形式，正是這個形式能夠證明藝術創作的存在。至於觀念，每個人都有。埃德加・德加一再嘗試寫詩，卻一無所獲。他向馬拉美說起此事：「我不明白！我有那麼多想法。」馬拉美說：「寫詩不是靠想法，而是靠詞句。」盜用寫實主義者之名的人聲稱只有他們才是實事求是的、嚴肅的，但在我看來這幾乎是威脅。當然，寫實主義者也寫出了現實，不過是他們的現實。他們自詡富於洞察力；但他們筆下的現實來自一種奇怪的愛好，他們喜歡把人生看得毫無價值。對寫實主義者而言，一切都是渺小的、低微的、可鄙的。實際上，他們只描繪他們糟糕的心情。

寫實主義是一種懶惰。實踐它的人把他們見過的、不值一提的事物，和他們傲慢的心靈體驗過的居高臨下的情感抄寫下來，僅此而已。沒有任何形式上的探索。瞧，寫實主義也沒什麼新花樣。

一部傑作是一個人心靈表達的精華。即便在虛構的作品裡、在戲劇裡，都是如此，哪怕它避免了一切自戀。世上不存在非個人化的傑作。

最好不出名的傑作

藏於牛津大學阿什莫林博物館的保羅．烏切洛[1]的《林中狩獵》（*La Chasse*），會因為作者欲言又止（讓我們在解讀它的過程中發現自己有多麼敏銳細膩）的高超技法而成為一幅傑作嗎？我為它蘊含的性意味寫過一首詩；或許我能說明它真正的標題應該是「傑作的逃脫」。畫中的騎士們試圖在樹林的黑暗深處將它毀滅，或者恰恰相反？標題該變成「保護傑作」？是的，這才沒錯，他們趕去將它藏在洞穴裡，因為它太脆弱，日光會使它枯萎！又或者……？嘿，一切都明擺著呢。

意識到自己的無知真是美妙：身邊可以找到那麼多傑作，裝滿了書櫃，就像女人們在特價日競相爭搶貨架上的絲巾！還有距離更遠、更難找到的傑作，它們通常來自閱讀的連環效應、他人推薦，或是為我們增添樂趣的某種機緣，我們就這樣找到了它們，嶄新而閃亮，藏在一堆破舊的杯子中間，存放在角落的櫥櫃裡。有時我們不再想看擺在熱鬧櫥窗裡的傑作，它們似乎在太多憂愁目光的注視、太多附庸風雅的自我吹噓下被過度普及了——有些人越是什麼都沒看過，就越是聲嘶力竭地表達崇敬。哈，榮譽勳章的掮客們！

有些傑作最好不要出名，為了我們，也為了它們。太強的光束也許會毀了它們。它們脆弱、珍貴，左躲右閃，像海豚般靈動，天生不為密集的目光注視而生。這是一些慈善協會的紳士，人們從來不會在電視上看到他們。下面就是這樣一隻水晶海豚，小聲點，拿去吧，噓，把門關上。

它的名字是《角》（*Horn*），來自路易・萊爾恩[2]，出自法國，誕生於一九九六年。這是一部如夢似幻而細緻準確的小說，它把細緻準確隱藏在夢幻的外表下，人們透過對它的解讀，也許能將它所作的影射傳播開來。故事大約發生在一九四〇年代末，印度朋迪榭里（Pondicherry）附近。小說裡有一片地產，作者還畫出了地圖，有一位瘋姨媽，一位和歌劇人物阿爾辛娜[3]同名、在浴缸裡養鬣蜥的祖母，一個年少卻勇敢而令人尊敬的表兄弟，

---

1 保羅・烏切洛（Paolo Uccello, 1397-1475），義大利畫家，以率先使用透視法著稱。

2 路易・萊爾恩（Louis Lerne, 1940-），法國作家，生於印度。

3 英籍德國作曲家韓德爾創作的正歌劇《阿爾辛娜》（*Alcina*）的主人翁。

一個天生長了張臭臉的印度男孩。暴烈的感受幾乎不曾在書中得到表達，卻顯得更加強烈。小說中未形成任何重點，人們卻會認為那才是完美的境界。這本書給人留下強烈的「印度印象」，很大程度上是我們自己帶來的。作者要做的僅僅是輕輕勾勒幾筆，提供幾個專有名詞，並且明白如此足矣。

技術進步使文學獲益良多。從前它必須對實景進行冗長沉悶的描述，如今由於飛機和電視的出現，它已大大省略了這項工作。你說電視粗俗？那就是它的屬性，相對於文學而言，一切新媒介都將先前的媒介從庸俗中解放出來。電影讓文學免去了「歷險」的因素（還不夠），而電影本該被電視免去探險的功用，卻因為家庭的存在沒能做到。除非走出家門，否則少年們無法將自己從「家」的極度庸常乏味中解放出來，他們可以為了去看電影而被允許出門，因為電影製作人懂得如何炮製甜蜜無害的片子來寬慰家長。他們也可以安靜地待在家裡，看看電視上有關性聚會、亂倫和戀童癖的節目，滿足一下十分健康的偷窺慾。

一些人喜歡賣棉花糖的月亮樂園（Luna Park），另一些人喜歡福馬林裡的連體嬰兒。創造並不來自「自然」，創造就來自創造。人們寫作並不是為了複製他們或許見過或體驗過的某件事物，人們寫作是因為他們讀過並且想把那種美妙的內心震顫複製出來。作家在一本書中遭遇了自己的感情，「不能讓如此微妙的感覺熄滅。」他對自己說。於是他竊取了原本屬於他的東西，他把這份感情唱了出來，雖然沒能讓它改頭換面。作家彷彿是一個回聲的傳播者，在傳播途中加入了他的配樂。他會認為他的感情是唯一的，但他不過是這感情的代表；感情的範疇其實沒有那麼寬廣。愛的狂熱或傷害，受挫的雄心或成真的希望，我不知道還有其他什麼。就這樣誕生了世界之外的另一個世界，而這就是它的屬性。人們在其中經歷著更熾烈的人生。

我們或許可以把路易・萊爾恩這一百五十頁的作品帶上遠處的層雲，和這樣一些書放在一起，它們早已等得不耐煩，正用食指撥弄著藍天，它們是皮耶・埃爾巴[4]的作品，比如《想像的回憶》（一九六八）；埃尼奧・弗拉亞諾[5]的作品，比如《錯誤日記》

4 皮耶・埃爾巴（Pierre Herbart, 1903-1974），法國小說家、散文作家。《想像的回憶》（*Souvenirs Imaginaires*）是他的短篇小說集。

5 埃尼奧・弗拉亞諾（Ennio Flaiano, 1910-1972），義大利作家、劇作家、電影編劇，在《大路》、《甜蜜生活》、《八部半》等多部經典影片中與費里尼合作。

（一九七七）；理查・布羅提根[6]的作品，就選《在美國釣鱒魚》（一九六七）吧。關於路易・萊爾恩我一無所知，我發現這本《角》是因為他的另一本書——一本小冊子，《金》（一九九八）。那不是一本關於琴酒[7]的書，就算是，我也不會買。我不討厭酒鬼，也不會說他們是黑社會，不過有一本傑作是屬於他們的——麥爾坎・勞瑞[8]的《火山下》，可我一直沒看完。恕我直言，他的怪癖把我灌醉了。《金》開頭的幾句話給我好感，我被抓住了，可我沒能走得更遠。在書店裡，我總是沒辦法閱讀幾行字以上。閱讀對我而言，就像潛水，假如……我就無法認真完成閱讀，不止一位書店店主看到我手捧一本書，全身僵直、目光呆滯，卻沒在看書。因為我被兩行字帶到了另一個地方。《金》有一種夢幻般的冷酷口吻，一種心安理得的傷風敗俗，使我想起了埃爾巴。「金只有一位姨媽可以作為家人，在洛桑，她收留了他，把他養大，讓他為她酒店的客人提供肉體服務。」

「我們還有這位作者的另一本書。」書店主人對我說。雖然我不太聽從建議，因為我發現提供建議的人往往是推薦自己，但我還是買了《角》。我讀了，通常我們對親自體驗過的事物懷有某種謙遜，因而會冠之以「小」字，於是，我發現了一本「小」傑作。

6 理查·布羅提根（Richard Brautigan, 1935-1984），美國作家、詩人，代表作《在美國釣鱒魚》（*Trout Fishing in America*）。

7 原書名為Gin，也可指琴酒。

8 麥爾坎·勞瑞（Malcolm Lowry, 1909-1957），英國詩人、作家，代表作《火山下》。

傑作的哨兵

假如每個文學種類都有若干傑作，有些傑作與類別的關聯性並不那麼強。在我看來，普希金是一位比鈞特．葛拉斯更具才能的作家，這在美學意義上似乎無可爭議，而且我們可以理直氣壯地說普氏的某某書是一部傑作，當然未必是世界性的，只有針對特別主題或者寫得糟糕的書才會賣上幾百萬冊，但他的書接近完美。傑作永遠不會被龐大數量的人閱讀，但會有龐大數量的人聽說過它，他們會崇敬它，把它變成一本神聖的書。換句話說，他們使它脫離文學並且進入魔法、盲從、迷信、判斷與品味缺失的地帶。他們以道聽途說、人云亦云，將它庸俗化的方式來談論它。比如「瑪德蓮蛋糕」，法國有一齣喜劇就叫《瑪德蓮．普魯斯特》，那當然是好看的、世界性的。

傑作的關聯性，它的脆弱、它的受眾少，都是它支撐到如今的因素。雖然弱小，但它堅強。而且保護著它的是一群同樣弱小但也極其堅強的人，他們在不該讓步時絕不讓步。

在法國南方的一座海灘上，我的朋友B闔上他的拉丁語詩集，重新拿起卡爾維諾的《樹上的男爵》，其中的主人翁恰好也給樹上赤身裸體的妓女們誦讀拉丁語詩歌。

「迷人的福拉哥納爾[1]式油畫。」他在電話裡對我說（他就是那種為了跟你分享這類東西會專門打電話給你的人）：「說它是巧合，我倒不這麼認為。我們不過都是想讀經典作品的一群人，而且我覺得也是為了讀經典。不是為了獲得某種知識，而是為了保護我們所形成的這個不斷縮小的社群，社群裡有偉大而高雅的書籍，還有它們的讀者——我們（但是別忘了就算一本書有五萬名讀者，跟美國超級盃的一億一千萬觀眾比起來根本不算什麼），我們是它們蘊含的寶貴財富。從某種角度來說是這樣吧。」讀者是傑作們的哨兵。

1 讓—奧諾雷・福拉哥納爾（Jean-Honoré Fragonard, 1732-1806），法國洛可可時期重要的代表畫家，以表現私密、情慾主題的畫作為大眾所熟悉。

傑作是對前世石匠的回報

《男人群像》是拉希爾德的傑作。但一部拉希爾德的傑作就是一部普遍意義上的傑作嗎？一部傑作似乎是一種誕生即確立的絕對存在，它不僅位於它的作者所有作品之首，也位於同時期出版的其他書籍之首。還有其他傑作的陪伴，一部傑作從來都不孤單，雖然它的魅力使它在我們的腦海中占據著城堡般的地位，但它和城堡給予我們的聯想恰恰相反。傑作們不互相競爭，不互為敵人，不互相威脅，也不互相排斥。

傑作不是一種進步，不過人們把它想成這樣也是可以理解的。這個令人震驚的現象因其力量、寓意、意圖、高談闊論以及堪稱世界主宰的沉重感，使得人們出於禮貌、出於謹慎而相信它是一種進步。當文學從消遣活動中脫離出來的時候，革命已在歐洲各地爆發，文學不過是在模仿傑作這一新類型的過程中拯救了自己。在十九世紀的西歐，巴爾札克、左拉、狄更斯們發起了一場建設運動，它與政府首腦、大工業家與大資本家們所發起的運動相似。在我看來，他們以既順從又蠻橫的方式混淆了兩種天才的界限——藝術的天才和民用的、軍事的天才。被奴役的人有意向奴役者們證明，他也可以做好奴役者們所擅長的事業。當時作家們剛剛走出配膳室，他們以往都在那裡與僕從們一起進餐，所以他們至多不過是僕人之中的上等階層罷了。所以我們才更要感激伏爾泰，他歷盡千辛萬苦才在宮廷謀得一席之地（他也曾是國王的史官），卻做出前所未聞的驚人之舉——甩了法蘭西國王和他的宮廷，獨自到費內[1]建立起他自己的王國，從此作家可以獨自存在了。存在於玫瑰的國度。由於此後一個世紀對現實世界展開瘋狂的競爭，文學的理想世界獲得了現實世界必不可少的愚蠢產物——尊敬。

傑作補償了石匠的時代，這個時代將它的建築觀念固化並流傳了很久。福樓拜在一封信裡談起一本不成功的書時，用到這樣一個既有畫面感又稍顯粗俗的表述，很有他的個人風格：「它沒蓋成金字塔。」這位石匠中的石匠也是一位老實人，是唯一真正造出了建築

1　即今天的費內－伏爾泰（Ferney-Voltaire），一座位於法國東部、靠近瑞士日內瓦的市鎮。伏爾泰於一七五九年至一七七八年定居此地，並對當地發展產生巨大影響。

的作家，《包法利夫人》每一章的開頭常常緊接著上一章的結尾，使得這本書如同拱廊街一般，優雅而沉悶，依我看，它是所有傑作裡唯一一本「建造」出來的傑作。《追憶逝水年華》是「建造」出來的嗎？為順應當時的主流觀念，普魯斯特本想在其中建起一座大教堂，而實際創作中卻由於一層又一層的草稿（他貼在手稿上的那些著名的紙片），被他變成了義大利千層麵。《皮耶》是「建造」出來的嗎？赫曼．梅爾維爾[2]運用童話般的對話，在其中大玩過家家酒遊戲。《大亨小傳》是「建造」出來的嗎？它像一台頻閃觀測器，展現著第一次世界大戰後陷入麻木的美國。對傑作的愛令不止一位讀者相信，只要擁有一本傑作寫作手冊，他也可以寫出一部。愛通常會導致對知識的愛，對知識的愛卻很少導致知識。愛，它頭腦簡單卻貪得無厭，它向月亮奔去，卻總是投向太陽！

世上沒有創作傑作的方法，只有對這一種方法的需求（如同對所有好書）。

假如有這樣一套方法會令人感到寬慰，它可以讓所有非作家的人觀察作品是否運用了規則，從而作出判斷。

2　赫曼．梅爾維爾（Herman Melville, 1819-1891），美國作家，代表作《白鯨記》。

小說的形式是人物的自然結果

《薩蒂利孔》[1]由互不關聯的場景構成，對我來說，這才是小說。沒有一部偉大的小說是敘述而成的，從西方世界的第一部小說（其年代大約是西元六〇年）開始就是如此。這是一部傑作，即便到我們手中時它已被大段刪節。我思慮再三後認為，這些缺失的片段，我們歸因於手稿的損壞或者謄抄人的粗心大意，但其實是佩特羅尼烏斯[2]自己決定刪去的，他是如此大膽，平庸渺小的我們看到如此天才的手筆也只把它視為偶然。

同理，我還認為（或許有些不理智），輾轉到我們手中的那八百本古希臘羅馬文學作品也是作者們有意為之，使它們就當時的文學提供一個具有代表性的概況。一位神的信徒

1 《薩蒂利孔》（*Satyricon*），拉丁語諷刺小說，被視為世界上最早的文學作品之一，融合了詩歌與散文兩種文體，其作者身分尚未完全確定，一般認為是西元一世紀羅馬帝國的佩特羅尼烏斯。

2 佩特羅尼烏斯（Petronius, 約 27-66），古羅馬抒情詩人與小說家，生活於羅馬皇帝尼祿統治時期。

會補充說這選擇的背後有一份規劃。「他們希望文學像一個折疊的小冊子，每一頁都不知道它其實是前人的背頁，假如不是這樣，文學就會終止。馬拉美之所以複製波斯人玄妙的詩歌，就是為了不讓這種體裁消亡。」一顆冷靜的心靈卻會表示反對，我們從十四世紀起重新發現這些作品並感覺找到新生，我們自以為在模仿經典範本，但其實不過是在回歸永恆的人類標準，而這些作者自己就是這些標準的繼承者。「馬拉美所做的只是複製波斯的詩歌，或者說每個人都只能依據各自的性格氣質而寫作。」「唔，對不起打斷一下，」神的信徒又說道：「可是西塞羅的風格兼具審慎和狂妄……」「那也是一種風格，就是這麼回事。它延續的是法老時代我們不知道的哪位埃及辯護人的風格，今天我們還可以在法蘭西學院某某院士的身上看到這種風格。」「我……」「根本就沒有什麼『我』。有的只是『我們』的種種因素。」「哈，你這不是把自己的路堵死嗎？否認天真幼稚的熱情，只有它才會……」讓撲克牌上這兩位頭對腳、腳對頭的老兄繼續吵吧，我們到大樹下聊一會兒，只要能讓我說話就好。

《薩蒂利孔》說的是兩個盡情享樂的男孩的冒險經歷，它的形式來自它的描寫對象，或者更確切地說來自它的人物——是人，不是神，不是英雄，也不是政客。另一部本應成為古代「小說」的作品，則因為它的人物出自神話，而沒能成為真正的小說；而且《達夫尼與克羅伊》[3]是敘事性的；而且《達夫尼與克羅伊》是一個故事；而且《達夫尼與克羅伊》的宗旨並非藝術創作。佩特羅尼烏斯把人作為筆下人物，這為他的小說賦予了人生真正的形式（雖然它是一部小說，但當時並不這麼稱呼。第一個人也不叫人，從第二個人開始，「人」這個統稱、或者說泛濫的簡稱才開始出現）。人生便是種種場景，場景與場景的間歇處，不產生任何因果，如同微不足道的縫隙，有才華的人可以隨心所欲地描寫這些縫隙，而且一切都可以變得非常有意思，但是刻意將這些縫隙變成場景之間的關聯就顯得不太誠懇。佩特羅尼烏斯展現了恩可比烏斯（Encolpius）和愛西歐圖（Ascyltus）人生中的意義和荒謬，尤其突出了其中的一些場景，比如特里馬奇奧（Trimalchio）——那個肥胖的暴發戶舉辦的宴會（我猜二十一世紀大概也沒能發明苗條的暴發戶）；跟屁蟲們尾隨而來，他們不明白佩特羅尼烏斯做了什麼，或許還有點看不起他，於是為這些場景製造了關聯，

3《達夫尼與克羅伊》（*Daphnis and Chloe*），西元二世紀的希臘愛情小說，通常認為其作者是朗格斯（Longus）。

但它們比仿製品還糟，是純粹的謊言[4]。那是一些歷史小說家。拜占庭帝國時代充滿了有關亞歷山大大帝的小說，其中編織著各種理由，都只為證明這位國王擁有一種使命。虛構性小說的炮製者們鐘情於這樣一種敘事，它可以輕鬆地避免讀者對人的複雜動機進行思考，於是他們一邊模仿歷史學家，一邊自作聰明地講述一段段歷史（故事）。可惜他們沒能成功，在他們之前沒有一部形式單一的傑作。

後來這種傑作出現了。為了應對這種令人不快的獨創活動（實際上我們從來無法做到絕對獨創，因為我們總局限於某個時刻、某個地點和某個環境，但我們可以嘗試達到），每個社會都會定期發明有用的因果系統，比如神的旨意、心理學、社會學，而每過一段時間又會有傑作出現，將這些系統破壞。傑作如同一個無政府主義分子，總在人們陷入惰性之處放置一顆炸彈。

敘事，這種有邏輯的敘述，在我看來是一種幻想，不論其目的是安慰作者想像力的缺失，或者是向讀者保證他們的人生會有某種意義，或者只是一種古老的習慣。敘事來自這樣一個觀念，即人生是一個連續體。可是我們的經驗卻恰好反駁了這個觀念。我們對此心知肚明，因為我們正在經歷人生，它充滿了打嗝、微不足道、一無是處、雜亂無章，一連串行為的背後常常找不到其他原因，只有偶然、疏忽，迫使我們轉換方向的障礙；還有其他一些原因，而它們卻很難造成真正意義上的「行為」。敘事的歷史作家們維繫著這種對連續體的幻想，他們的「歷史」是一種篩選，一種刻意的安排，其靈感並不來自人生，而是來自戲劇，與當前的虛構作品如出一轍。我們至今沒有走出古代悲劇，一切都應該是宿命，也就是規律，因為人不想承認他是孤獨的，而他的偉大就來自這種孤獨。如果你孤獨，而且你獨自寫出了傑作，那你其實沒那麼糟！不不不，我們只屬於現在，悲慘的現在，我們要求助於神靈和奧義！歷史作家們成功地誘使我們相信，某個早晨，左搖右晃的國王起了床，任命青蛙伯爵擔任首相，因為他想這麼做，隨後他把掃帚逐出宮廷，又頒發了一條指令，組織進行雲彩貿易，所有人都遵旨照辦，然後他心血來潮地向咔嚓咔嚓國發起了戰爭……等等、等等。這些傳說故事得到了政客們的支持（他們的歷史則是史詩），其目的是說服我們，他們的天才無所不能，即便沒有天才，他們的意志也足以彌補一切。哈，原

4 由於《薩蒂利孔》未能保留完整的形態，從十七世紀至今，有多位作者試圖對這部作品進行補寫，部分作者聲稱其補寫的片段來自新近發現的手稿。

來如此。敘事不過是意志的餽主意產生的一個後果。我所熱愛的虛構作品最大限度地避免這種小說「烹飪法」(用麵粉調配醬汁，把所有材料「黏」在一起)，避免這種功用主義的、讓讀者順利消化的小說。「正是因為形式是人物的結果，哈姆雷特才不會被變成一個小說人物！」撲克牌上那位愛吵架的老兄叫嚷著壓過牌面上的斜線，將一把斧子砍進另一位的腦袋裡。

傑作的出人意料

傑作無法被縮減、歸納為方法，好讓我們去製作，成為我們想讓它成為的手工業。它包含著一個既不是修辭學、又不是專項技能的部分。偶然、嘲諷、成就魅力的自我放任、成就天才的不經意、亂七八糟、徹頭徹尾的鄙視、成功的失敗、優美雅緻……天知道還有些什麼。傑作總是以驚喜捕獲我們的心。我還記得一九八四年詹姆斯・卡麥隆的《魔鬼終結者》引發的巨大熱情——人們本來是去看一部B級片，卻撞到了一部傑作。

傑作就是如此出人意料，而我們也熱愛它的出乎意料。它駁斥了一種僵化的觀念——我們永遠不可能做出新東西。人並非注定重複自己，就算再糟也不會，但就算再好，也不注定改善自我！他可以製造災難，也可以製造傑作！災難和傑作的作者有時是同一人，一部傑作的作者想再創作一部，但他因此倒下得更為壯烈。《包法利夫人》之後，福樓拜在《薩朗波》失了手，可它依然是《薩朗波》。平庸之人的失敗與他們的成功同樣平庸。

傑作如遊戲者般顯而易見

傑作一旦出現，即耀眼奪目，它的規律之一便是它曾經不可想像。《哈姆雷特》出現之前誰想到過《哈姆雷特》？一個名叫莎士比亞的人突發奇想、有意創造的一個人物，於是牡蠣便在珍珠周圍形成了。文學與大自然的法則並不相同，一件創作完成文學，而不是文學完成一件創作。我們對傑作這一新事物心懷崇敬，它給我們一種人盡皆知的感覺，就像一個新生兒。在這之前它什麼都不是，就好像它一直都存在著。

我喜歡新事物，因為我不喜歡睡午覺。新事物以一種順其自然和遊戲者的方式製造了潮流，當人們回想起潮流的源頭，以及它們如何打破單調的生活，又怎麼會想到潮流的壞處呢？那些說潮流壞話的人，依我看都是在自曝其短。

一部傑作始終都是新的。它並不來自某種潮流，但它會製造一種潮流。沒有傑作的人生將會多麼無聊，只不過大多數人依然會活下去。

傑作永遠年輕

再來說說青春。潮流、新意、青春。我不覺得嚴肅就該擺出一副假正經的樣子。它還不夠自信嗎？它需要讚許嗎？所謂成見，不總是離真相一步之遙嗎？潮流、新意、青春。小時候，它們讓我著迷，長大後，它們還是讓我著迷，它們使生活多彩多姿。一部傑作總是年輕的，即便它已經存在六個世紀了。把它打開，依然新鮮，與時代同步，甚至比我們要早。它向我們伸出手。來吧，我們去飛。

六個世紀，這就是佩脫拉克[1]《家庭書信》的年紀。人們打開它，有點不情願，心裡說：「唉，這個老古董大概從一三五〇年開始就沒完沒了地被人讚頌，說他在奧運會一樣隆重的儀式上當著王公貴族和公眾的面被封為桂冠詩人！還有什麼登頂風禿山[2]，什麼蘿

1　佩脫拉克（Petrarch, 1304-1374），義大利詩人、學者、人文主義的奠基者，與但丁、薄伽丘被視為義大利文學三傑；一三四一年被封為桂冠詩人。

2　法國東南部沃克呂茲省境內的最高山峰，海拔一九一二公尺，佩脫拉克於一三三六年登上頂峰。

拉[3]，這些老故事實在是聽得人耳朵都要長繭了！」儘管如此，當我們對這些東西有過一點感觸（注意，我說的不是習慣，習慣不會教給人任何東西；一個有感情又能推己及人的十五歲少年的理解能力，完全可以跟一個經驗多得可以騙人的八十歲老翁相提並論）之後就會明白，無趣的最有可能是讚美，而不是作者；而且我們讀書是為了心靈愉悅、隨時失神痴迷，於是我們開始看，我們發現其中充滿思想、畫面和幽默感。（「我們的國王能夠評判食物的味道和鳥兒的飛行，但無法評判同齡人的才華；假如他們偶爾想這樣做，他們的驕傲自大又令他們睜不開眼睛……」「寫作的愛好或癖好……」「想讓人稱讚你寫的東西嗎？那就死吧。」）然後我們對自己說：這不是六百年前的，這是今天早上的。傑作就是擁有青春永駐品質的書。

大多數人已經對無聊習以為常，他們厭惡年輕。注意，別把對年輕精神的熱愛和販賣產品的廣告弄混了。一部傑作對讀它的人所起的作用不只是恢復青春，它會賦予他一瞬的不朽。一部傑作會戰勝時間。

3 佩脫拉克於一三二七年遇見名為蘿拉的年輕女士，對其一見鍾情，並將她作為文學創作的靈感來源。

傑作的奇才

出版前一刻還什麼都不是的傑作，總能立即成為世界中心。它會移動地心引力的位置。也許就是朝著它的方向，但同時也有利於它所屬的整個領域。假如一部新的小說是傑作，文學也將恢復生機。原本已被慢慢推向邊緣的創造活動則重新受到關注。世界像一頭牛，在某個地方吃草，傑作忽然降臨，於是牛開始傾斜並下滑，它長出了翅膀，最後變成了夜鶯。人類知道，傑作可以阻止他和其他牛一起墜入平淡中庸的沼澤。傑作以自我為中心，卻使他人獲益。別對它重複這些話，它不希望人們把它的道德功用和美學價值混為一談。

傑作的三個主題

一部傑作是一次跳躍。躍向從未被探索的領域，以出人意料的方式躍起。當普通作者都在採用剪式跳躍的時候——有時也跳得不錯，但無足為奇——傑作的作者發明了自己的跳法，就像美國運動員迪克·福斯貝里在一九六〇年代所做的那樣。這個關鍵動作的名稱丟掉了首字母的大寫，從一人特有變成了世界通用——福斯貝里跳（Fosbury）[1]。每部傑作都是一套語言。

一種語言是（使用者們）為了相安無事而主動放棄某些含義的結果。每個詞對每個人而言都有不同的微妙差異，但為了「通用含義」，他寧可放棄這種差異，去過一種沒有樂趣的生活。這多麼令人難過，「通用含義」，捨棄、中規中矩，至少隨後的社會生活可以說是安穩的。文學能找回那些微妙差異，我們於是也找回樂趣。每個傑作創造者都發明一種不同的語言，漢語、義大利語、諾瓦利斯[2]語、三島由紀夫語，這便是傑作的成功之處。

而且令人驚奇的是，這語言大家都懂，毫無障礙且立竿見影。

可它畢竟還是需要一點適應的時間或者努力吧？我們生活在一個努力無處不在的世界。不管難度大小，人們都在努力，為了在企業裡出人頭地、成為行業巨頭、組建家庭、購置第二件房產，或者假期去高空彈跳。人們日復一日地向我們灌輸對體育愛好者的崇拜，稱他們是努力的化身，努力、努力、再努力，努力備受推崇。唯獨到了文學這裡，努力突然變得不可容忍。人們願意花上八十天去爬安納布爾納峰[3]，到山頂看太陽，卻偏偏不願意把努力花在傑作上。

最優秀的作品是對其所屬領域的思考。《薩蒂利孔》一直被人們錯誤地當作一部輕喜劇來讀：作品一開始就是講述者恩可比烏斯的一連串髒話，針對當時文壇的華麗空洞，它的狂妄自大和謊話連篇，因此西方第一部小說即是對小說寫作方法的思考。我認為每本好

1 美國跳高選手迪克・福斯貝里（Dick Fosbury, 1947-）在一九六八年墨西哥奧運會以「背越式」跳高技術贏得金牌，並引發跳高技術的革命，這種跳高方式被命名為「福斯貝里跳」。

2 諾瓦利斯（Novalis, 1772-1801），德國浪漫主義詩人、作家、哲學家。

3 世界排名第十的高峰，海拔八千零九十一公尺，位於喜馬拉雅山脈中段尼泊爾境內。

書都有一個表面的主題和一個真正的主題。《包法利夫人》表面的主題是艾瑪．包法利的人生，真正的主題則是讀書的後果，艾瑪並不是被糟糕的書侵蝕了頭腦——從來沒人會是，可是愚蠢的書籍作用於她發育不良的頭腦就產生了激情釋放的不幸後果（至少在福樓拜——稱得上是莫里哀《可笑的女才子》的傳人——的眼裡是不幸的，在他看來女人就不該有激情，除了對神祕論，以及在男人們認為適宜的色情裡）。有時候人們因為一些書表面的主題，而把它們錯當成另外一些書。在電影裡，羅蘭．艾默瑞奇的《ID4星際終結者》被看作是一部不錯的流行科幻電影，可它其實是一部猶太人幽默（真正的主題）的傑作。在文學裡，斯湯達爾被一大群知道他的大眾視為愛情小說作家，但他實際上是天才們在飽受譏諷的童年時代最喜愛的小說家。

我們還可以分辨出更高級的一類書，它們都有兩個真正的主題。第二個主題比第一個隱藏得更深，但往往都是同一個——作者個性中最根本的特點。在《包法利夫人》中，這個主題就是福樓拜對女人的鄙視。還有一種再高一級的書，也較為罕見，它們在更深的層面探討的是另一個主題，這個最根本的主題也始終是相同的——這部特殊作品所含的一般性藝術。假如作品是小說，那麼它們最根本的主題就是小說。人們可以從「歷史小說」裡得到閱讀的樂趣，但並非感覺不到這類作品缺了點什麼。在一本只是流浪漢小說的流浪漢小說和《唐吉訶德》之間存在著偌大的差距，《唐吉訶德》中的歷險既是對騎士小說的批判，也是對閱讀可能給脆弱的頭腦帶來怎樣的危險所作的分析（這深深啟發了福樓拜，艾瑪便是被壞書震壞了未開化大腦的女版唐吉訶德）。小說及其寫作的方法是《追憶逝水年華》和湯瑪斯·伯恩哈德小說裡的最根本主題。在繪畫裡，祖巴蘭[4]畫的是聖徒（表主題）；在較深的層次，他畫的是聖徒們的驕矜（首要真正的主題）；在更深的層次，他畫的是他自己的毫不妥協（次要真正的主題）；在最深的層次，他畫的是繪畫本身（根本的主題）。所以，他畫的《聖恩格拉西亞》（Santa Engracia，藏於史特拉斯堡美術館）的根本主題是繪製長袍；不是長袍本身，而是它如何被畫。而他的《額我略一世》（Saint Gregory，藏於塞維亞美術館），畫面上的額我略一世身披紅色聖帶，一隻戴著紅色手套的手，拿著一本邊緣塗成紅色的書，其根本主題就是紅色……等等、等等。這種畫看似為主題性繪畫的原型，卻並沒有什麼主題，儘管它們都有宗教屬性。祖巴蘭畫的是繪畫本身。

4 祖巴蘭（Zurbarán, 1598-1664），西班牙畫家，以其宗教畫著稱，常被稱為「西班牙的卡拉瓦喬」。

傑作沒有主題，傑作只有它的形式本身。世上沒有比創作者更高明的評論人，創作者對其藝術的了解勝過某些誇誇其談的評論人，他們越是誇誇其談，知道的東西就越是比他們自認為的少得多，因為他們並不了解作品的內在。形式的特殊性是傑作的基本要素，形式即是它的主題。

文學的三種狀態

傑作沒有具體的主題，它不為任何目的服務。假如我提到的作品中存在著某種共同點，它們也不會將它凸顯出來。這或許是傑作的必要條件，以致於對一切優秀的文學都是如此。文學甚至不會展現什麼，它只是「成為」。在虛構作品中，當一位作家談到一棵樹，他顯然不會將它凸顯出來，甚至不會將它展現出來，他會成為樹。當我們談論作家或者其他任何事物的時候也是如此，我們就成為那個事物，正是這使得文學接近於最古老的神話。文學即是轉變。主題的（或許這就是為什麼優秀的文學都沒有主題）、作者的、讀者的，它將他們瞬間帶至天堂。

神聖與奇蹟

傑作以令人驚喜的方式出現，它的出人意料和卓越超群常讓人錯覺它來自神靈。假如世上只有牧師／神父／祭司／方丈們對各種宗教予以宣揚，它們恐怕至多成為一項體育運動，經歷兩三代人就會變質。他們宣講時的庸俗、所用修辭的粗魯恰恰與文學相反。文學不針對任何人，並且認為所有人都處於其最佳狀態，宗教則貶低最優秀的人，並且只面向一群信眾。傑作們身不由己，在事實上鞏固著宗教。它們源源不絕地問世，似乎印證著神靈的存在。

作者們談論傑作時，也時而偏入這個方向。「我是在一種強大力量的感召下完成了這本書，我不過是一個執筆人。」這是謙虛？狡猾？還是自大？我想都不是。一段時間之後，人們不再知道自己究竟怎樣寫出了一本書，而且也不想解釋了。「我為你呈現了一片夢境，可你卻問我是在哪台電腦上寫的？」作者似乎在這樣反問。神靈是評論者懶惰的託辭和作家們禮貌的表達。

（另一種禮貌則是借助花言巧語作出與事實相反的解釋。例如在《尤里西斯》中，利奧波德・布盧姆將音樂與數學作了一番比較後說道：「你會覺得遭遇了某種來自上天的東西。」聰明的頭腦對於神經過敏或者類似事物的反應通常如此。）

人生的荒謬令人難以捉摸，於是我們發明了宗教，令自己相信人生仍有邏輯可循。而傑作與宗教儀式有著天壤之別，它從不重複令人麻木的象徵動作。散布在我們內心廢墟中的金色燭台，從瀑布般的淚水中誦唸出的魔咒，通通都與它無關。傑作之所以存在，與其說是為了昭示意義，倒不如說是為了賦予形式。它是有形戰勝無形的一場戰鬥。

無形是我們最大的敵人，焦慮是一種形式的流失。當我們說「我狀態不好[1]」的時候，我們所表達的含義比我們以為的更多。健康並非健康，而是獲得形態的結果，死亡則是形態的消滅。一切挽救都須透過形式，比如泰姬瑪哈陵、里爾克的《致夜晚的詩》（*Poèmes à la nuit*），比如唐納德・賈德[2]的鋁製盒子、卡爾達拉[3]的《耶穌腳下的抹大拉的馬利亞》

1 法語中「forme」一詞意為「形式、形態」，該詞也指人的身體或精神狀態。

（*Maddalena ai piedi di Cristo*）；還有那些瞬息即逝的傑作，它們在我們記憶中存留的時間並不比雕刻的、錄製的、印刷而成的傑作更短，比如麿赤兒[4]的舞踏演出，他身披重磅縐綢禮服、蓬亂的假髮撒滿紅色紙片，如同虞美人綻放的田野，面帶倦容地引導著他所扮演的人物（彷彿長了鬍子的路易十六皇后瑪麗・安東尼），莊嚴而哀怨地見證著人世間的暴力；再比如芬妮・亞當[5]於二〇〇九年在巴黎北方劇院（Bouffes du Nord）出演讓—呂克・拉加爾斯[6]的話劇《音樂廳》時的表現，帶著偉大女演員獨有的緩慢，既有沉浸於角色而不願自拔的愛撫式滿足，又包含著將如此轉瞬即逝的台詞帶進觀眾記憶深處的細膩表達。舞者和演員的身姿動作，不也是形式嗎？它們的瞬息即逝豈不恰恰震撼人心？

瞬息即逝的傑作最美之處，就如同一束剛剛摘剪的鮮花。

2 唐納德・賈德（Donald Judd, 1928-1994），美國藝術家，其作品與極簡主義有密切關聯。
3 安東尼奧・卡爾達拉（Antonio Caldara, 1670-1736），義大利巴洛克風格作曲家。
4 麿赤兒（1943-），日本演員、舞蹈家。
5 芬妮・亞當（Fanny Ardant, 1949-），法國女演員。
6 讓—呂克・拉加爾斯（Jean-Luc Lagarce, 1957-1995），法國演員、劇作家。

傑作是一支箭

傑作是一支箭，它一刻都不墜落。《查泰萊夫人的情人》是如此成功，我們幾乎不認為它會過時。要了解一本書為何成功，總是比了解它為何失敗更難。一支墜地的箭是否能幫助我解讀同樣出自D・H・勞倫斯的《一個死去的男人》[1]？第一部分看完，它就不再能維持張力了。哦，我可不是在譴責他，我從不忘記伏爾泰有關偉人的那句話，我們只能依據偉人的傑作來評判他們。話說回來，這本書也不算是什麼過失，只是一個踉蹌罷了。耶穌從人們打算安葬他卻沒完成的墳墓鑽了出來，又出發去治癒眾人了。讀第一部分的時候，我一直在想：「看樣子勞倫斯會成功避免寓意說教。他會寫成一本真正的小說，甚至

1 D・H・勞倫斯完成於一九二九年的小說，原名為《逃跑的公雞》（*The Escaped Cock*），後由出版商改名為《一個死去的男人》（*The Man Who Died*）。

是一本永恆的小說，太了不起了！」可惜沒有。它只在第一部分是傑作，或者說假如醫術高明的拯救者在結尾時不那麼純真，它會是一部傑作。第一部分提到耶穌的童貞，令人推測作者有意將這作為全書的主題，但他沒能做到。飛出的箭在第二部分墜落，因為他突然改變了環境，在很長一段時間內將我們扔給形形色色不知道究竟跟故事有何關聯的人物；耶穌上床之前的鋪墊做得太長了。錯誤或許就出在詞彙截然的變化上，新的和舊的沒能在最後連結為一體。傑作應當連貫一致。正因為人生缺乏連貫一致，文學才應該擁有，或許就是這樣。

我們很難知道人該做什麼。有時神靈們會向我們作品的角落裡射進一縷光線，假如我們能夠看到它，會是多麼璀璨的煙花，而且唾手可得！如果我們沒有，就要由讀者或者觀眾來發現。有些傑作是讀出來的，它們只在最好的書中產生，就像打網球時遇到一個更強勁的對手，我們會打得更好（別人告訴我的），遇到傑作時我們也會閱讀得更盡興。我們不再因為身陷迷局而鬱悶，我們跟作者並肩飛翔。《情慾凡爾賽》（二〇一二）是一部充滿了天才細節的電影，可惜班諾．賈克[2]沒對它們充分挖掘，比如凡爾賽宮中的閒言碎語（我們兩次看到片中人物交頭接耳），或許應該成倍數地增加，掃遍整個宮廷，才足以表現革命來臨前的惶恐和幻想。還有皇后走遍宮中長廊，只有二十秒。假如時間更長，她恐怕會擁有威廉・布雷克版畫中馬克白夫人般的氣息。這位電影人對誇張（對一個細節的超級特寫可以把全局交代得一清二楚）沒有感覺。影片的前半部分，人物一直在談論波利內公爵夫人，她這樣、她那樣，輕蔑、卑鄙，噴射著傲慢的火焰。到她首次出場的時候，扮演這個角色的維吉妮・拉朵嫣僅僅從人們眼前走過，卻又不止是走過——她不可一世、快速地、徑直地走去，非常好。她消失了一會兒（對角色而言也不太糟糕）之後，再次出現在一張長沙發上，瑪麗・安東尼皇后緊靠著她，嘮叨著，充滿愛意。公爵夫人只是微笑，沒有回答對方的任何問題。當時我在想，他會這麼做，公爵夫人會一直保持沉默，不僅僅在這一幕，而是整部片子，真是個天才，可惜沒有。拉朵嫣開口說話了，於是片子就開始走下坡路（她失去了在片中的意義）。假如她始終保持不可一世並且一言不發，那會是怎樣的一個角色？作品的戲劇性會有多強？

黛安・克魯格（扮演皇后）也有某些瞬間的天才表現。當她的侍女被除去衣衫，穿上

2 班諾・賈克（Benoît Jacquot, 1947-），法國電影導演。

公爵夫人的衣服以掩護其出逃時，就在那一刻，她的目光黯淡了下來。那目光來自一種極力自我掩飾的欲望。電影史上類似演技的瞬間，都應該在YouTube上博得最高的點擊率。

我對瞬息即逝的東西如此關注，是因為美好恰恰發生在這一瞬，它從來都不持續太久，而低劣即將從此發生，並且經久不散。

一個細節可以成就一部傑作

一個細節出現了，前所未有的細節。它不斷壯大，獲得地位，最終成為整體的象徵。這不禁讓人自問，一部傑作難道不是被人稱道的種種細節的一個集合嗎？

在電影裡，一個細節的傑作是《黑獄亡魂》（一九四九）中的人物哈利・萊姆出場的情景。一隻小貓叫了起來，約瑟夫・考登（跟蹤者）轉過身，看到牠被夾在兩條腿裡，他問道：「好個密探！你為什麼跟蹤我？」貓的特寫，接考登的特寫，他還在喊：「快出來！誰是你的老大？」考登繼續喊著。樓上，一位女住戶開始抗議，並把燈打開，門廊瞬間被照亮，於是我們看到奧森・威爾斯（被跟蹤者）的臉，他沒動，只抬眼看向窗外。特寫中的考登愣住了，接威爾斯的特寫，他再次抬起雙眼，將目光轉向考登。窗戶的特寫，女人從窗前走過，嘴裡叨唸著什麼，鏡頭推向威爾斯的臉，他笑了一下（哈！原來是哈利！），用下巴做了個半吹牛、半嘲弄的動作。整個過程緩慢而完美，乒乓球式來回切換的鏡頭，安東・卡拉[1]富有戲劇性的齊特琴[2]伴奏、威爾斯頗具嘲諷意味的靜止不動、考登目瞪口呆的表情，堪稱奇蹟，且提前概括了哈利・萊姆的行為，一個流露出嘲弄意味的殺手。

在歌曲裡，我會把傑夫・巴克利[3]翻唱的李歐納・柯恩（Leonard Cohen）名曲〈哈利路亞〉（一九九四）一開始的喘息作為範例。一次喘息也能成為傑作？我們多少會懷疑，可喘息就是靈魂，古希臘人早就這麼認為，他們用同一個詞「pneuma」來表達這兩個意思。

我在生活中行進，彷彿隨時隨地將一支放大鏡舉在眼前。看哪！這隻科西嘉小母牛的眼睛，這是雅典娜。看哪！加州威尼斯[4]上空這稀疏的雲，這是我的童年。看哪！這輛飛馳在空中的摩托車，懸掛在地中海某片沙灘上方那片潔白的彎眉般的羽翼上。這是人的想像力，他們並不知道自己喜愛詩歌。

1　安東・卡拉（Anton Karas, 1906-1985），奧地利齊特琴演奏家。
2　齊特琴（Zither），形狀扁平的弦樂器，常見於斯洛維尼亞、奧地利、匈牙利、克羅埃西亞及德國部分地區，與中國的箏較近似。
3　傑夫・巴克利（Jeff Buckley, 1966-1997），美國搖滾歌手、詞曲作者、吉他手。
4　又名「威尼斯海灘」，是美國洛杉磯市西區的一個海濱區域。

傑作不會跑題

跑題是美妙的，假如它們跑得有水準；而當它們跑得有水準的時候，就不再是跑題了。一部傑作便是一次業已轉化為中心論述的跑題，它使我們遠離千篇一律。

當我發現某個無用的場景，我不會覺得有什麼妨礙，它甚至可以成為傑作的一條標準，無用卻極具才華的場景；傑作的另一條並不十分充分的標準。恰恰因為它不出自任何動機，「無用」才令人著迷。作家不再把自己看作一個製造者，也不把讀者當成消費者，或者假如他原本是個控制狂，他也不再認為他應該或可以掌控一切。不妨讓我們想像這樣一位樂隊指揮——他要忘掉那個正在跟豎琴手眉來眼去的首席小提琴，忘掉正在做白日夢的三角鐵手，忘掉那個認定他是個白痴、卻總是快了半拍的雙簧管手。在毫無動機的場景裡，作家單純為了自己的樂趣寫作，於是也就有了我們的樂趣。沒什麼比看到一個獨自玩耍的孩子開心地露出笑容更讓人快樂的了。在《在斯萬家那邊》（其作者就是這麼一個認為小說裡的一切都會有後果的人）裡，我一直很喜歡聖—厄韋爾特夫人家舉辦晚會時，對僕人的一段描寫：

其中的一個，相貌極其凶惡，頗像文藝復興時某些表現酷刑場面的油畫中的行刑者，帶著一種不容抗拒的神情向他（夏呂斯）走來，接過他的衣帽。……幾步之外，一個身穿僕從制服的壯漢正沉浸在幻想之中，他一動也不動，如雕塑一般，毫無用處，彷彿人們常在曼特尼亞[1]最為喧囂熙攘的油畫中，見到了那個完全只為裝飾畫面的士兵（看到這裡，優雅人士通常都會說起形容詞的害處！可是這「喧囂熙攘」正是這段描寫中最了不起的元素之一），若有所思，倚靠在自己的盾牌上，周遭的人卻在忙於戰鬥，有人被割斷了喉嚨；似乎脫離於正在殷勤照料斯萬的一群同伴，他……

現在你明白，諸如此類的片段——出現在傑作內裡的傑作，使傑作更為傑出——令我們體會到的，其實是對其作者的由衷愛慕了吧？現在你明白，當我說我喜歡一個作者，那其實就是徹頭徹尾戀人式的愛慕了吧？我愛慕普魯斯特，我愛慕奧維德，我愛慕莎士比亞……

長篇巨製的傑作裡有一種慷慨，過度是它們超人才華的一個因素，一部毫無浪費的傑作多少會顯得小氣。

傑作常常不夠精緻，但它只在開始時會這樣。它不複製任何已知的、經過檢驗的、受人尊敬的東西，它只是存在。這種猶如天外隕星的風範究竟是什麼呢？它不就是這樣毫無徵兆地從天而降，落在井然有序、優雅有餘、卻趣味全無的餐桌上了嗎？

1 安德烈・曼特尼亞（Andrea Mantegna, 1431-1506），義大利文藝復興時期的畫家。

形式的意圖

長度並不重要，重要的是那些短暫的瞬間。我們看過不止一本簡短卻容納了大量珍貴片段的書，也不止被一本臃腫，且始終在原地打轉的書摧殘過。保羅．瓦勒里的《筆記》表明，散亂的片段也可以構成一部傑作。瓦勒里在某些時刻可以跟帕斯卡的《思想錄》相媲美，這一點千真萬確。他就像一個持懷疑論的帕斯卡，脫離了熱忱，卻又時常帶著某種藐視一切低劣事物的高貴，使他更加令人敬佩。而且他是一個多麼罕見的分析天才！

> 一種感情催生另一種感情。

他這樣說，我們會覺得這話對感情並不十分友善。再看看其他隻字片語：

身體看不見未來。它完全屬於現在，感覺不到即將發生的事。假如大海令它嘔吐，它便會召喚死亡……它只看它所看到的。痛楚並不懂得等待。

盧梭可笑的錯誤，把漫步田間的意願當作現實。（看到這裡大概會想：「這是說蒙田混淆了思維和現實嗎？……所謂繪製自畫像的愚蠢計畫？[1]因為他感覺到了坦誠的缺陷？」）

事物本身沒有名稱、沒有界限、沒有數量。它們與一切都無關，它們只是存在，存在，存在，只有從它們的存在中甦醒才能識別它們。

一個時代（或一個人）越傾向於懷疑，就越不可能反對非常態的強行干預，反對不可思議之事。

我們在談論法蘭西人的邏輯，其實我們想說的是「對稱」。

——《一八九四—一九一四筆記》

1 蒙田試圖透過《隨筆集》繪製自畫像，帕斯卡在《思想錄》中對此給予評價：「他想繪製自畫像的愚蠢計畫。」

瓦勒里的編輯想出了一個絕妙的點子，將他雜貨一般的文字歸入主題、依序出版，例如有關文學的部分被納入標題為「自我書寫」（Ego scriptor）的一卷（他自己特意標出了幾段需要記下的文字……）。帕斯卡曾幻想過，從他死後以《思想錄》之名出版的若干片段文字為起點，寫出一部論述性專著。幸好他沒有寫，否則會是一本動機不純的書，就像所有意志先行的書一樣。超越作者意圖拼貼出來的一本書卻成為一部傑作，眼前就是這樣一例。《思想錄》，文字的碎片？不，它們是空中的閃電。

想成功地寫出一部傑作，形式的意圖卻是必要的。不是某種預先設定的「傑作式」形式——那只為天真人士而存在——而是適合我們想要表達的事物的形式。它可以使我們從內心深處拖曳出我們料想不到的東西，就像詩歌中的韻腳會催生意象。帕索里尼的《石油》[2]就接近傑作，儘管尚未完成：

> 我無意寫一部歷史小說，只不過想創造一種形式，於是我不可避免地要建立出一套屬於這種形式的規則。

他在該書的開頭這樣寫道，至於他最終是否真的做到，已經不那麼重要。有些書的價值在於它們所代表的事物，而不在於它們自身。人們表彰的是它們的雄心，這樣做是對的。人們可以在磚瓦下收穫金塊。那些對它們產生興趣的人，他們被金塊閃爍的光芒所感染，於是參與到勞動之中。當代裝置藝術的創作者們就從中得到了一種工作方法。

一部文學傑作所帶給我們的，就是一種形式。人們在參觀一所與自身文化相異的藝術博物館時，會對此有更深的認識；比如一位西方人去參觀一座亞洲藝術博物館，他對陳列物背後的神話、符號、涵義都不甚了解，而他會意識到，賦予這些陳列物以特徵的，便是它們的形式。我們尚且蒙昧無知，而這些形式已足以令我們思考：「這些肥胖的印第安人雕像，雕塑家們是在塑造理想化的肚子，還是在表現現實中的肚子？這是食物對藝術的影響。」就算面對與我們關係最近的藝術，由於歷史性、知識性的局限，我們無法看透它們，思維的方式也不會發生什麼變化。

2 《石油》(*Petrolio*)，帕索里尼未完成的小說，出版於一九九二年。

或許一切傑作都說了些什麼，但有時它所說的十分渺小、十分微妙，比如一則簡單的愛情故事，而打動我們的是它講述的方式。傑作是增添給世界的一種形式，這世界不過是偶然的連續、邏輯的不連貫、未成形的欲望。

傑作與意圖

說傑作是偶然的產物，似乎是對人類的一種傷害。假如人只是為一股更高級的力量傳遞消息，那麼差遣他做其他事不也可以嗎？況且那是一股什麼力量？是何方神聖？

就算天才的隻字片語會偶然出現，那一整部作品又該如何解釋？傑作是由一部分自製和一部分放任所構成。缺少了放任，會製造出機械的、雖令人欽佩卻不討喜的傑作。

要有意圖，但不能被看見。

一本書不能從一個意圖生發而成，意圖只是雙腳在跳板上的顛動。顛動之後，還要知道如何完成縱身一躍。

觀看星辰，令我們有機會踏上人行道。

尚．蒄內注視著泥沼，希望在其中發現一顆星星。奧斯卡．王爾德注視著星星，在上面看到了一塊泥斑。

刻意是有代價的

刻意會造成文學上的巨大錯誤，但也能產生名聲上的巨大利益。瑪格麗特．莒哈絲在平淡無奇之中擁有不俗的品質，時常綻放出令人意想不到的斑斕色彩，但她毀了《勞兒之劫》（一九六四），此書由於太刻意而令人痛苦不堪。她很想、很想、很想寫出一部傑作，極其專注於這本書，甚至帶著某種學生式的誇張，認真得彷彿變成了自己的學生，人們不禁在想她大概不需要讀者了——我們也確實扔下她，獨自迷醉在自己的世界裡。

你一邊閉門造車，一邊自我欣賞吧，我可要去喜歡別的書了，找一本不故作傑作姿態的書，比如斯湯達爾的《自我中心回憶錄》。它就是這樣一本書，對自己的才華十分自信，不需要我們在一大堆名人的讚譽和以它為題的試卷面前表現得畢恭畢敬，它把我們當作朋友。它顯得很隨意？那是一種自我放任，自信的表現罷了。傑作不會試圖把讀者嚇跑。

「刻意」是給傑作上漿的澱粉。那些一再向我們表示「我是傑作」的書，有時候非常出名，自我宣稱在所有社會裡都會奏效。大部分人都不假思索地活著，自稱為傑作的便被信以為真。而且，人們都在賣力工作，他們不喜歡這樣，那麼藝術創作也不應該逃脫他們的命運。我不是說艱澀費力的東西就會得到愛慕，但比起輕鬆和藹的東西，它更不易招致嫉妒。舉重選手總是比舞蹈演員更受愛戴。

刻意自有回報

加倍努力吧！可傑作不是誰想要就會給的！傑作的創造是諸多因素結合而成，但對於這些因素，人們永遠也發現不完，就好像原子中的粒子，每隔三十年便有一次重大發現，讓人們發現還有些什麼需要繼續去發現，使得謎團的解開被無限期地推遲。假如那只是一個公式，人類或許早就發明出傑作的配方了。或許還會因此喪命，因為無意再做任何改善，一切點燃激情的可能也已消失殆盡，世界上最後一個人看了看他闊綽的銀行戶頭的餘額，然後向自己的嘴裡開了一槍。人類歷史上最聰明的時代，都承認那個謎團的存在，儘管這種承認或許是為了進一步的懷疑。其他時代則堅持認為，創造的背後隱藏著一個祕密。在這些低落的時代裡，人們相信黃金分割，一切都被交給技能和規則。個性被人們懼怕，遭受羞辱。

世界是一個巨大的玻璃鐘罩，籠罩在我們的上空。一部小說、一首詩、一齣戲劇，就是這個被霧氣覆蓋的巨型玻璃罩上擦出的一塊塊透明的視窗。作家們就在那裡，他們是渺小卻勇敢的人類，攀爬在鷹架上，用袖子擦拭著玻璃，人們稱道的創作者就是將水氣擦去的人。文學之存在，更多的是為了消除謎團，而非帶來觀念。

過分的細緻和關注有可能產生怪癖式的狂熱，使作品一敗塗地，就像我們在巴爾札克的《不為人知的傑作》（一八三一）裡看到的那樣——故事中的畫家弗亨霍夫追尋完美，並因此變成了瘋子。想寫出一部傑作，就要有瘋狂的抱負；那是一種意識的喪失，忘卻周圍的世界，輕率而冒失。夜鶯、夜鶯，只有夜鶯才會這樣。當我想到世界上總有一些人，不理會一切冷靜的觀察，相信這是石匠才會做的事，我就會想起夜鶯們！比起工業巨頭和戰爭大佬們，即便最具石匠精神的左拉、狄更斯、托爾斯泰們也顯得微不足道。是的，傑作與自負有關。它可以很天真，而不做任何嘗試的懷疑論者，每每發覺自己的敏感便會倍感絕望。

我們可以不喜歡傑作，前提是要變得古怪或者意志消沉，甚至成為清教徒。不論哪種情形，都是任由傲慢剝奪我們的樂趣。我在想，當我們說「打倒傑作」的時候，是不是因為我們已經放棄了寫出傑作的企圖。

人們認為我們太拿自己的書當一回事了，我們當然是這樣，因為我們寫作；實際上，隨便一個自認為是地球之王，卻連一句卡圖盧斯[1]的詩都沒讀過的股票交易員，都比我們自以為是得多。與此同時，人們也不會明白它帶給我們怎樣的責任。它使人永恆正面，會感到我們向永恆的黑暗中投入了一顆石子，雖然它並不比那些一事無成的人駐留得更久，至少我們知道，儘管石子微弱的光芒終將消失。這就是為什麼我們能夠靠近帕斯卡，即便我們不信奉任何神靈，我們信奉創造。

說作家謙遜，其實是為了哄那些嫉賢妒能的人。作為讀者，我可不想要一個謙虛的諾曼・梅勒。一個成就了傑作的人當然有權心高氣傲，管他一事無成的人是不是這麼說，想想他都經歷了什麼吧。況且誰能證明所有的傑作作者都讓人難以忍受呢？貝克特、帕索里尼、費茲傑羅、普魯斯特、契訶夫、王爾德、魏爾倫、馬拉美、濟慈。他們似乎試圖透過審慎、友善和靜默，讓人們忘記他們的功績。

弗亨霍夫讓美麗的吉萊特擔任他的模特兒，隨後展示了他努力了多年的油畫，畫面上只有埋沒於一團凌亂色彩中的一隻腳，他的朋友們為此十分難過。他們應該再等一百二十年——因為那不就是一幅傑克森・波洛克的作品嗎？不對，不完全是，它只是一隻腳。傑作不僅僅是把古典形式的失敗之作進行成功的轉化，否則給《蒙娜麗莎》加上兩撇小鬍子就足夠了。

某些書不夠完美，因為它們出自理念，它們希望囊括無限。可實際上，有限才真正體現才華。矗立於鄉村的一座迷人的小型古羅馬凱旋門，比郵差薛瓦勒的那座（愚昧無知者的吳哥窟式）宮殿[2]更有價值。薛瓦勒的這件作品看似有趣、令人折服，卻又讓人厭倦、無心看完（完全不是誇張）。於是人們還會再來看它。恕我直言，這便是它的本質。凱旋門並不排斥它，兩者同時存在。儘管如此，假如火災時必須帶上一件傑作，我還是會拿凱旋門，它就是一件傑作，是藝術家對自己的寫照。築成堤壩的人提升了自己的水平線。

1　卡圖盧斯（Catullus, 約BC87—BC54），古羅馬詩人。

2　指法國郵差費迪南・薛瓦勒（Ferdinand Cheval）於一八七九年到一九一二年間自己建造的建築，名為「理想宮」，位於法國南部的奧特里韋（Hauterives）。該建築高十二公尺、長二十六公尺，糅雜了東西方的多種建築風格，一九六九年被法國政府列為歷史遺產。

完美是致命的

世上不存在沒有任何瑕疵、刮痕或皺褶的傑作。鴻篇巨製當然更不可避免，但短小精悍的書也是如此。如果只承認帕索里尼的《石油》勉強算是一部傑作是不公平的，就好像只有未完成的作品才能讓他跟傑作沾邊，但其實他確實完成了一部十分成功的傑作。他的傑作，也就是他的小說《定理》。在米蘭一個十分富有的家庭，一名年輕的男「訪客」忽然出現（按照帕索里尼的說法），這位（傑作的）神靈跟家中一個又一個成員上床，完全顛覆了這個家庭的生活。他沒有挑逗他們，他就像一個太陽，是他們主動向他投懷送抱：女兒、兒子、母親、父親，他們既沒有想像力又缺乏衝動。這本書就像一幅畫，更確切地說，一幅壁畫，壁畫中的人物往往了無生氣、姿態緩慢而罕見，如一幅皮耶羅·德拉·弗朗切斯卡[1]的壁畫。造成這種畫面感其中一個不小的因素，是作品裡幾乎沒有一句對話，這實在是個天才的構想，這樣我們就不會被人物的聲音分散注意力，無須揣測他們的心理活動。我們彷彿在看一則寓言，並且十分順利。（造成畫面感和凝固感的另一個因素，是該書是用現在時態寫成的。）帕索里尼從頭至尾都堅持了他形式上的大膽，只有兩處例外，在這兩個極其短暫的片段裡，我們聽到了人物的聲音。一個如此有意識的作家，一本如此充滿才華的書，卻出現了這樣的疏忽，那只能說明完美是不存在於文學之中的。但這種不完美才令人敬佩，它恰恰表明傑作是由人完成的。

在法語裡，「使事物臻於完美」（parfaire）意即「完成」（achever），而完成又意味著「了結性命」（tuer）。所以說，完美是致命的。

雖然它無法企及，但這不能成為不追尋它的理由，而且恰恰因為我們知道無法企及才會這樣做。未達到理想中的完美？憑什麼這麼說呢？由誰決定的呢？當然是指正在寫的這本書本身的完美。一部傑作是否完美，只相對於它自己，相對於它賦予自己的目標。《情感教育》去除了《包法利夫人》戲劇式的難以撼動的一面；我相當確信，以《包法利》的厚重深刻（如同十九世紀的泥漿）來判斷，它是用十七世紀的戲劇來表現資產階級。《包

1 皮耶羅・德拉・弗朗切斯卡（Piero della Francesca, 約1415-1492），義大利文藝復興早期的畫家。

法利》的發展如同拉辛的作品，許多片段甚至帶著拉辛式的詞彙，這使它成為福樓拜兩部傑作中最不純粹的一部，也因而是最好的一部，因為這些幾乎是戲仿式的片段稍稍削弱了作品的特質；而《情感教育》則是福樓拜軍士一個人的喃喃自語，是福樓拜的一部完美之作。福樓拜在其中是完整的、自成一體的。作品具有善良的諾曼第人[2]作為維京人後裔的特點，混合了樸素與精緻（偉大的野蠻人都是這樣），樸素表現在「敘事」裡。他不僅無法想像不搭建因果關聯（讀者就會幫他做），而且還以誇張的方式這樣做。於是就有了令人嘆服的「他曾雲遊四方」。章節開始，「他曾雲遊四方」，句號，另起一行，再以相同的語式重複這句話：

他曾雲遊四方。

他經歷了客輪上的傷感，在帳篷中凍醒的時刻，美景和遺跡的應接不暇，才相識卻被迫離別的苦澀。

他歸來了。

我覺得這相當做作。說真的，比《薩朗波》的開頭還要做作，「故事發生在美迦拉，迦太基的郊區，哈密迦爾的花園裡」，作者一心一意想輕盈起來，卻顯得那麼笨拙。我們簡直能看到作者的舌頭伸出嘴唇，慢吞吞地強調那幾個元音字母，就為了製造疊韻的效果。這個福樓拜，多麼誠懇卻又資質平平的學生呵，沙特應該在哪兒寫到過這個。

傑作可以不達到它相對完美的目標，或許傑作向來就是這樣，因為我們從來都寫不出我們想寫的那本書（哈！否則世上就只有傑作了！）。因此我們可以說，一部傑作是一次成功的適應變通。雕塑家會根據大理石料和他可能將石料損壞的風險對雕塑進行修改，誰說米開朗基羅的《大衛》（一五〇四）不是因為雕塑家從卡拉拉[3]收到了一塊更易碎的石料，才有了那隻青筋暴起的巨手？如果我們再給它加上相當有可能的性衝動，我們便得到了傑作等式的一部分——只是一部分。可見在這件作品上，自私的動機還是被利他主義的動機（儘管也被克制）戰勝了。

世上唯一的完美，便是死亡。

2 福樓拜出生於盧昂，法國西北部上諾曼第大區的首府。

3 卡拉拉（Carrara），義大利托斯卡尼大區的一個城市，以開採大理石著稱。

二十世紀的碎片，二十一世紀的泥漿

我們可以不喜歡傑作的作者，我們可以不喜歡傑作說的話，我們甚至可以不喜歡這部傑作的形式，但我們依然承認它是傑作。聖西蒙公爵[1]的《回憶錄》（一七八八）雖然因為偏激而愚蠢，但其中的瘋狂卻使其增色不少。在這個色彩繽紛、跳動在空中的肥皂泡裡，一個身穿銀絲刺繡緊身外套的矮個子男人，一邊轉著拐杖一邊嬉笑怒罵，他富有喜劇感，有時是因為他貴族式的偏見而無意流露出來的，有時是由於遭遇不公而暴怒才有意表現的。那是一種妄想式的偏狹計較，而正是這種妄想，加上極端的憤怒傳遞給他的才華，製造了美麗的肥皂泡。它就在那裡，像夢幻一樣不可毀滅。這部傑作的作者像信奉仙女一樣對它堅信不疑。

每個社會都會冒出比肥皂泡更多的滾地球，這些平庸的傑作會得到它的偏愛，因為它們具有這個社會的特點，而不像高水準的傑作，僅具有自己的特點。在外表光鮮的平庸之作頗受仰慕的法蘭西，安那托爾·佛朗士[2]就是這麼一個鍍了金的滾地球；在英國，我覺得安東尼·鮑威爾[3]——新普魯斯特式系列小說《隨時光之曲起舞》的作者——也是如此，美國的厄普頓·辛克萊[4]在我看來也差不多，西班牙則是克拉林[5]。

堆砌於十九世紀的傑作，可以為當時社會的滯重遲鈍提供佐證，因而成為這個社會的典範，甚至進入新的世紀。直到第二次世界大戰的炮火將歐洲炸成碎片（具有積極意義的碎片化過程），這個典範才被代替。或許這就是為什麼薩繆爾·貝克特（他看似凌亂的戲劇作品，使得作品的不完整臻於完美）可以成為二戰後新一代偉大作家的一員。這其中想必也有誤解，所有獨特的天才都是如此。社會只想要表面的嚴肅，它迫不及待地把這些作

---

1 聖西蒙公爵（Duc de Saint-Simon, 1675-1755），法國貴族、外交家、作家，因其回憶錄著稱。

2 安那托爾·佛朗士（Anatole France, 1844-1924），法國詩人、記者、小說家、法蘭西學院院士，於一九二一年獲得諾貝爾文學獎。

3 安東尼·鮑威爾（Anthony Powell, 1905-2000），英國作家，因其十二卷小說《隨時光之曲起舞》（*A Dance to the Music of Time*, 1951-1975）著稱。

4 厄普頓·辛克萊（Upton Sinclair, 1878-1968），美國著名左翼作家，曾經創作超過九十本著作，一九四三年獲得普立茲虛構類圖書獎。

5 克拉林（Clarín, 1852-1901），西班牙現實主義作家。

品（屬於它的傑作）喜劇性的一面隱藏起來。同理，日本曾經將片段式的傑作奉為典範，它們或出自上流社會（清少納言），或出自僧侶般的經歷（松尾芭蕉），兩者都具有奢侈的屬性，一種遠離政權意志的奢侈（因而又被政權所鍾愛），但由於十九世紀末期選擇了經濟現代化的道路（顯然是某種強暴），轉而成為虐戀式傑作的土壤；一九四五年的戰敗，無異於將絞刑的繩索再度收緊，這在日本當代的文學傑作中展露無遺。

同理，曾經如此荒唐的蘇聯製造了許多社會寫實主義作品，它們厚重、有益、令人無力抵抗，卻隨著蘇聯的解體立刻被遺忘。而蘇聯的解體在一定程度上歸功於反對蘇聯體制的相同類型的作品，比如索忍尼辛的小說。這類作品是我們可以對惡進行譴責的最有力的方式之一，它使我們變得與惡近似，或許這就是以其人之道還治其人之身。並且這對索氏而言更為輕鬆，他更像科學家而非文學家，他將文學從文學中抽取出來，從而成為炮彈的製造者。我說的不是他的歷史小說（《紅輪》），而是像《伊凡．傑尼索維奇的一天》[6]這樣的作品。哦，這實在再明顯不過，人們只能指責那些迫害他的人，卻不能指責他，因為他除了繼續進行科學研究別無所求。人們把他逼入灰暗，他就描寫灰暗。文學在他這裡一度被迫成為義務，當禁錮略被放鬆，他開始描寫人性遭到壓制的非人境遇，然而真正有人性的讀者更希望看到超脫於一切的傑作。如果說索忍尼辛看似沒創作過文學傑作——根本原因是他本來就不寫文學作品（他的真實感替代了才華），另一個不可忽視的原因是他所有的書都是反擊之作（也因此完全有可能在它們反對的起因消失的同時便銷聲匿跡）——那麼，令他最接近文學傑作的書便是《牛犢頂橡樹》[7]。討人厭的傑作，帶著某種陰暗的喜劇感，彷彿與真正的社會主義有關的一切都是陰暗的。洋洋灑灑五百頁，都在表現蘇聯的文學管理部門如何細緻入微地、偷偷摸摸地、充滿仇視地糾纏他和他的書，而篤信權利的他（這位如此反美的人士骨子裡卻相當美國化，深具權利意識），沒有假裝迎合或施展計謀，沒有放棄一切，又是如何細緻入微地、毫無顧忌地、怒氣沖天地利用蘇聯的法律，讓那些心胸狹窄卻又十分偽善的暴君們搬起石頭砸了自己的腳。在這種時候，就連博馬舍[8]都不見得比索忍尼辛更有才智。

---

6 以作者個人生活經歷為素材的小說，描寫了古拉格勞改營的生活，於一九六二年出版，並立即引起巨大迴響。

7 索忍尼辛的回憶錄，回顧了作者在俄羅斯出版其作品的經歷，於一九七五年出版。

8 博馬舍（Beaumarchais, 1732-1799），法國劇作家、發明家、外交官、出版人、商人、金融家。其戲劇包括《塞維亞的理髮師》、《費加洛的婚禮》，因能言善辯而著稱。

他心裡明白，真正的文學傑作作者並不是他，於是在一九七〇年獲得諾貝爾文學獎之後，他向瑞典皇家學院提議把獎項頒給納博科夫，後者也是他被蘇聯驅逐出境後到瑞士拜訪的第一個人。他自己在《磨盤中的穀粒》[9]中講過這件事——我特別強調「他自己」，是因為人們恐怕不會料到一個虛榮心如此巨大的人會承認這件事。（他乘坐火車重返俄羅斯，從海參崴到莫斯科，一路上向稀少的民眾致意，這令人想起流亡的雨果歸來時，雙手粗糙、渾身顫抖的農婦跪著親吻他的手。在某個瘋狂的時刻，他認為自己是法蘭西的國王，就像索忍尼辛認為自己是俄羅斯政府的高級顧問。俄政府相當識趣地不對他提任何要求，用蜂蠟般的崇敬將他封閉了起來。「啊，偉大的亞歷山大．傑尼索維奇[10]！」換句話說：他想要什麼就給他什麼好了。）在這次拜訪的過程中，古老的俄羅斯彷彿再次出現，她熱愛謙卑，喜歡看到謙遜的人向大師鞠躬致敬，卻絲毫沒有助長大師的道德優越感。

納博科夫，我實在太喜歡他的微妙、他的機智、他的敏捷，還有各式各樣極其微小的東西，他固執地力求使它們完美，這種固執或許就是天才的特質，而他確實是天才。哦，他還時常以折射式的描寫令人聯想起人生的本質！（那是真正的折射。他的作品裡彷彿布滿了一片片積水，他在那裡呈現天空中發生的某個片段。）在《幽冥之火》（一九六二）裡，他好像用胳膊推了推我們說：「嘿！看我多機靈，我的表演多成功。」《阿達》（一九六九）得到了媒體的熱烈追捧，他們頭一次不用強迫自己看他的書，因為他運用了家庭小說的一種傳統敘事，作品中隨處可見年輕女孩，所展現的主題與其說是創造性，倒不如說是某種肉慾的退化。《蘿莉塔》在我看來，就如同索忍尼辛在哈佛大學的演講[11]，而且提前了二十三年，那是他對自己流亡國度做出的惡劣姿態（如果說未得到良好教養的索忍尼辛——這是使他有別於俄羅斯人的特質——是倚老賣老，強迫哈佛的學生們聆聽他的道德訓誡，那麼涵養深厚的納博科夫就是在諷刺美國的生活方式，不論他如何辯駁，這才是《蘿莉塔》真正的主題）。與上述這些作品相比，他的傑作在我看來更是有關作家狀態的小說，雖然不那麼顯而易見，但差不多是可以感受到的。我太喜歡《塞巴斯蒂安・奈特的真實生活》（一九四一）了！假如有人明白一本書其實就是句子構成的，那便是他。納博科夫醉心於句子，並且具有一種天才般的韻律感，從普魯斯特以來已經很少有人這樣了。他或許

9 作者的回憶錄，記述他在西方的生活。

10 亞歷山大是索忍尼辛的名字，傑尼索維奇是其小說《伊凡・傑尼索維奇的一天》主人翁的姓氏。

11 指索忍尼辛於一九七八年在哈佛大學做的演講，批評了西方社會的弊端。

缺少感覺，但他異常聰明——我能注意到這一點，便是他缺少感覺的證據。對於一位偉大傑作的作者，人們不會覺得他敏感或他聰明。他的水準更高。

蘇聯解體之後，世界本該很幸福，可它卻變成一個怨聲載道的星球，而我們也失去了十年的時間。人們在這期間寫出過傑作，但是除了想著將要到手的錢財，有人考慮過作品的形式，以及它們呈現的是什麼嗎？二〇〇一年的九一一事件標誌著我們進入新世紀，為什麼這個世紀就應該是一種苦難？假如我們對不看書的人說：「十九世紀是在一九一三年結束的，那一年《在斯萬家那邊》出版。」或者再文學化一點：「二十世紀是從一九〇四年開始的，因為《尤里西斯》的故事就發生在那一年。」他們大概會認為我們有意排斥他們。所以能夠讓人們相互認同的唯一共同點便是「痛苦」（他們只能透過這個來相互扶持）。二〇〇一年的九月十一日，粗暴又回到這個世界，男性意志和對武力的崇拜，我們曾成功地將它們趕進牢籠（大約在一九七〇年代吧），如今又捲土重來，神氣活現，直白粗俗。再加上後來的經濟危機，便成就了民粹主義。它在做它一貫要做的事——攻擊弱者。我們將看到一位法蘭西共和國的總統辱罵法蘭西小說最可愛的人物之一，《巴馬修道院》[12]的主人翁法布里斯，稱他是「蠢蛋」（《世界報》，二〇一二年三月二十三日）。此事居然就這樣過去了，沒什麼人（除了我這個小人物）特意把它指出來。當不再有人站出來面對粗俗對思想的攻擊，民粹主義便得逞了。

有一種文學在充當這場攻擊的幫凶，越來越多的小說只是在描寫生活方式。在這些印刷在紙上的社會類電視節目裡，沒有任何思想得到表達（思想是無法表達的嘛），寫作被有意地忽視（我們可不是退化哦），某種意圖欲蓋彌彰（把煩人的文筆雕琢都去掉）。既然暴行就在眼前，那就表現它吧！可是假如我們如此得意洋洋地表現它，那是不是因為我們愛上它了呢？許多讀者在洶湧的暴力面前不知所措，便試圖在書中尋找答案，彷彿文學就是為了這個目的存在，彷彿它就是審計法院，是大學醫療中心，是長老居住的帳篷，狡猾的人隨即跳上這架拉著憂心忡忡的讀者的長雪橇。終於，只須給文學指定主題，就可以隨意驅使它了！難怪寫實主義和它泥漿式的傑作再次回歸。寫實主義存在於每一代人的世界，它就是虛構作品裡一種很普通的形式；如果說它今天在我看來十分危險，那是因為它恰好跟一種與經濟危機成可怕正比關係的道德反應同時出現了。文學民粹主義，它對被遺

12 斯湯達爾出版於一八三九年的小說，是其代表作品之一。

忘的作家們而言實在是天賜良機，也是報復無門的人們的夢想。假如他們當權，夜鶯們將遭遇殺戮——我把那些關心書籍形式的人稱為「夜鶯」。

不可讀的傑作

喬伊斯很喜歡改寫，或者告訴眾人他在改寫。我們大多知道《尤里西斯》（一九二二）是荷馬作品的變體，《芬尼根守靈》（一九三九）是從詹巴蒂斯塔·維柯[1]那裡學來了環形結構。不管他是真誠還是狡猾，說出這些事實便為缺乏想像力的評論者們提供了幾百年內都可以一再採用的談資，這在很長時間之內都使我提不起閱讀它的興趣。一本書又不是一個應徵空缺職位的僱員，需要推薦信的背書，否則我們哪裡還有發現、冒險、選擇的樂趣？何況有一大群寄生蟲式的人要靠它取得學術生涯的成功。幸好它還有來自各年齡段的老頑固們反對它，這些人的存在恰恰很能說明一部作品的品質。

我一度覺得不應該誇大《芬尼根守靈》的困難程度。這是一本半嚴肅、半玩笑的書；

1 詹巴蒂斯塔·維柯（Giambattista Vico, 1668-1744），義大利哲學家，以其巨著《新科學》聞名於世。

篇幅超長，這是部分傑作和流行小說共有的缺陷；幾乎沒有故事性，但這樣反而更好；試圖把詞句音樂化，或者用喬伊斯自己的話來說，將音樂轉化為紙上的言語；它要求讀者極端的專注，卻時常給予十分微薄的回報，就好像有人對一個剛剛到達終點的馬拉松選手說：「剛才是鬧著玩的！還有十公里。」喬伊斯彷彿就在跑道的旁邊，拋出彩色紙捲，一屁股坐在放屁坐墊上，玩著文字遊戲。《尤里西斯》裡有許多文字遊戲，但是在《芬尼根守靈》裡，它們變得相當有系統，這部作品彷彿只是一個同音異義詞，獨一無二的同音異義詞，就像中國新年時遊行隊伍裡的紙紮蛇燈。好比我對著手機上的Siri[2]說：「背景很美。」螢幕上則顯示：「北京很美。」喬伊斯所做的並不比這更好，否則當初他也許會留下「北京」這個詞。假如他向當時擔任他祕書的薩繆爾．貝克特口述《芬尼根守靈》的時候，有人來敲門，喬伊斯答：「進來。」貝克特因為沒留神便如實記錄道：「進來。」看到筆錄稿之後，喬伊斯說：「留著吧。」為什麼不可以把無意間說出的話留下來？要想創造迷人的灑脫姿態，放棄極其做作的自制矜持，引入靈活優雅的寫作元素，這不正是一種方法嗎？

我曾經多次埋頭閱讀《芬尼根守靈》，總是希望一口氣把它讀完，因為如果不這樣恐怕永遠都無法完成，可我至今也沒能完成。這會限制我對它進行評判，除非喬伊斯根本不想讓人評判。《芬尼根守靈》是一本不可讀的書，我的意思是說，它或許就不是為了讓人閱讀而寫的。沒有讀者能夠到達閱讀的終點，於是它就成了唯一一本無限之書。這或許會阻礙它成為一部傑作，假如依據我的想法唯有有限才能創造傑作的話。無限，便是大自然與自然的單調；有限，便是人和人為的奇妙。儘管如此，我仍然可以決定一次性、快速地把這本書讀完，因為在我看來，它應該一讀，就像《尤里西斯》一樣；我也可能會得出結論，它非但不是一部美妙的失敗之作，而且是超越《尤里西斯》的一次進步。假如《尤里西斯》因其所用的多種文體、傳統的敘事、內在的反思、大眾的語言、戲仿式的表達，而成為一部關於語言的小說（這讓它變得有點學術味道），那麼尾隨其後的《芬尼根守靈》本身就是一種語言。

任何傑作都是一種新的語言，喬伊斯想採用大家都用的詞句來忘掉這一點。與《芬尼根守靈》相比，《大亨小傳》的語言並非不自成一體，它甚至比前者更接近一種新的語言，

2 Siri是蘋果手機上的語音輸入與控制功能。

因為它使用了通用語彙，並且獲得巨大的成功。從一開始就擁有一切便利的《芬尼根守靈》則成為一種方言。它並非根據自己的規則來遊戲（我想所有傑作都是如此），而是使用自己的遊戲牌（沒有一部傑作這麼做），即語言方案。這與馬拉美的情況相同，他曾嘗試創造一種專屬於散文的語言，像詩歌一樣脫離於日常用語；可是雖然他在詩歌中抵達了精緻的巔峰，在《瓦提克》的序言[3]（一八七六）以及《狂想集》（他既聰明又傲慢地給這本散文集取了這個名字，一八九七）的大部分篇幅裡，他的句子卻破碎不堪，前言不搭後語，這就是希望為文學發明一種固定語言的作家的命運。這種語言固然莊重，但是有通俗語言作為比較，假如再把人從中抽離出來，它就沒有存在的意義了。傑作，這種高級的創造，其實是非常通俗的。可惜的是，人們對此根本不在乎。

3《瓦提克》（Vathek）是英國作家威廉・貝克福特（William Thomas Beckford, 1760-1844）用法語寫作的小說，馬拉美為其撰寫序言。

《尤里西斯》評價《尤里西斯》

當我說一部傑作便是一個形式問題，我所說的不是一種理想化的形式，如果是那樣，我們就又會回到手工技藝，以及對樣本的熟練複製，把藝術降格為裝飾品，尤其是一種叫作「道義」的令人難過的裝飾品。我所說的其實是最適於作者們所要表達的形式，是它令一切傑作充滿新意。

正因如此，《馬克白》、《追憶逝水年華》、《不可兒戲》[1]、《華宴集》[2]、《惶然錄》[3]、《沒有個性的人》[4]、《皮耶》[5]（也許就是這樣的順序吧，雖然其中兩部作品並未完成，但我

1 《不可兒戲》（*The Importance of Being Earnest*），王爾德創作於一八九五年的諷刺喜劇。
2 《華宴集》（*Fêtes galantes*），魏爾倫發表於一八六九年的詩集。
3 葡萄牙詩人佩索亞未完成的隨筆集，於一九八二年首次出版，距離作者去世四十七年。
4 奧地利作家羅伯特．穆齊爾未完成的小說三部曲，先後於一九三〇年至一九四三年期間出版。

懷疑假如佩索亞和穆齊爾把它們寫完，反而會毀了它們），在我看來能夠躋身最偉大傑作的行列。至於《尤里西斯》，我想把它的級別降低一點。它的冗長段落實在令人難以忍受，這些段落不是跑題（假如跑題不留痕跡，就會變成一種美妙的東西），而是對人的折磨，讀者彷彿接連數小時被迫觀看一個耶羅尼米斯・波希[6]筆下的小人物把鼻子探進屁股裡。喬伊斯就像都柏林大學的一個老學生，他從正面、反面、中間，從各個角度以各種可能的方式，並且自我強迫地重複著學校教給他的東西。《尤里西斯》的寫作就像一個人在啃指甲。喬伊斯不懂得適可而止，喪失了作品必不可少的平衡感，他對失衡毫無察覺。如果不是他根本無話可說，又何必洋洋灑灑寫下一百五十頁雜亂而滑稽的廢話呢？真正令人難堪的還不是它的冗長，而是毫無變化，只有缺乏思想才會囉唆。彷彿追著它奔跑，讓讀者氣喘吁吁。《尤里西斯》毫不留情地把我們腦海裡的大事小情和奇思怪想通通趕走。我們能從中找到的一絲感情來自人物史蒂芬・迪達勒斯，而且是因為我們發覺他有點像喬伊斯；偶爾些微感情也來自利奧波德・布盧姆，尤其是當他為了孩子而動情的時刻——他失去了一個孩子（我們是悄悄得知這一點的）。對一個讓我們浪費了這麼多時間和精力，卻交出一個如此枯燥結果的作者，我們有足夠的理由暴跳如雷。

不難理解為什麼《尤里西斯》沒完沒了地受到學院派人士的評論，而且這樣的局面似乎注定要持續很久——因為它暗藏的指涉實在太多了。致敬薩克雷或拜倫的《恰爾德．哈羅爾德遊記》、引用被遺忘的名家比如梅特林克（需要重新闡釋）、待翻譯的拉丁文、莎士比亞的互文，再加上印度教的經文以及天主教聖歌、英格蘭及愛爾蘭歷史、還有都柏林的旅遊指南……總之不需要任何想法，就可以談這本書。《尤里西斯》正屬於那種依靠人們的解釋而經久不衰的傑作，這對那些沒有把寶押在神祕感上的傑作而言相當不公平。哦，對了，假如喬伊斯有一位編輯幫他取長補短（著墨太少的地方還是有的，不少問題雖被提出了，卻被扔在一邊，比如母性的問題）就好了。其實精彩無處不在，不是嗎？假如沒有那些絕妙的場景，我們恐怕也不至於這麼氣憤，比如《解放報》的記者們、在伯頓餐館吃早餐的人們、關於莎士比亞的談話、總督和他的隨從、有關利奧波德．布盧姆的一連串問題、莫莉的內心獨白；可是如果這些場景並非從瓦礫中脫身而出，我們的歡呼驚叫也不見

5 赫曼．梅爾維爾出版於一八五二年的小說。

6 耶羅尼米斯．波希（Hieronymus Bosch, 1450-1516），荷蘭畫家，擅長以怪異、奇幻的形象表現宗教、道德題材。

得會更少。

《尤里西斯》或許沒有它本應擁有的形式，正是在這一點上——而且只能是依據這一點——我們可以說它並非它試圖成為的那部傑作。能對《尤里西斯》作出評價的不是哪部絕對的著作，甚至不是給予它靈感的《奧德賽》，而是《尤里西斯》自己——《尤里西斯》評價《尤里西斯》。《費德爾》評價《費德爾》。《哀怨集》評價《哀怨集》，一切偉大的著作，因其對自身及其所處領域的思考，都包含著對自我的批評。假如不是從自我批評出發，它也寫不出來。沒有選擇淘汰，創作就無法進行。當我們說某本書失敗了或成功了，只是相對於它應當呈現的理想狀態而言。傑作是獨特的，我們根本不能根據其他著作來評價它，當然也不能以一種不存在的理念來評價它，它就是自己的理想，它要依據它想成為的那個作品來評價自己，一部傑作就是它自己的標準。喬伊斯的得益之處在於：人們為他的意圖而鼓掌，《尤里西斯》和《芬尼根守靈》都是如此，帕索里尼的《石油》也是如此。因為成功而獲得掌聲固然更好。

……但是現在這樣也已經很不錯了。《尤里西斯》為他人鋪設了一級台階，它和若干作品一起把二十世紀的傑作帶出了複製《追憶逝水年華》的老路——《追憶》像一切偉大的傑作，催生了一群模仿者。喬伊斯則催生了兩個這樣的群體——一個是《尤里西斯》的，它多次被模仿，其中不乏出色者（《上帝之美》在一定程度上就是《尤里西斯》）；另一個是《芬尼根守靈》的，但更大程度上是在視覺藝術領域，比如約瑟夫．科史士[7]？我們還是重新給《尤里西斯》劃分等級吧，不要被完美的理念牽著鼻子走，就像反對派們根據完美理念把它從列表中除名一樣。因為說到底，喬伊斯在這本書裡想做的，不就是廢除傑作嗎？他彷彿把鑽井插進了西方最古老的傑作（即《奧德賽》）裡，試圖從源頭把它榨乾。他以極端的方式運用修辭和「文體」所有的招數（比如對小廣告文體、議會文體、貴族文體、平民文體、商業信函等文體的戲仿），擺明了要將它們摧毀。他或許是想廢除這樣一種文學——被視為裝飾品的文學；假如他沒能如願以償，或許是因為他攻擊的並非文學，而是當時人們對文學所持有的最最保守的觀念。但是何必攻擊一種關於事物的錯誤觀念呢？至於文學比裝飾品更為重要，人們是知道的，而且從荷馬開始就知道（這裡的「人們」是指西方，我猜想亞洲人也有同樣的意識）；傑作不是手工技藝，人們或許知道的不是那

7　約瑟夫．科史士（Joseph Kosuth, 1945-），美國觀念藝術家，觀念藝術的代表人物。

麼多，而這正是喬伊斯想要摧毀的。

他缺乏思想嗎？我那麼說只是一時衝動罷了，他所不缺的是意圖。喬伊斯比任何人都更能表明：如果說寫一部傑作可能需要意圖，那麼傑作可不是有了意圖就能寫出來的，作者忘記讓自己陷入寫作的過程。以為自己是大師，於是停留在自視技藝精湛的念頭裡，而這個念頭其實和手工藝裡的這種念頭是同一回事。喬伊斯的錯誤不在於他野心過剩（我們怎麼會因此責備他？），而很有可能是目標的錯誤。比起他所摧毀的，他又有什麼技藝上的構建？不錯，《芬尼根守靈》相比《尤里西斯》還是有一項進步的——它放棄了一切敘事、一切實際功用，變得更為純粹，但與此同時也變得更令人望而生畏，在《尤里西斯》試圖拒絕文學之後，它又進一步想拒絕讀者。或許在這條路上它取得了更大的成功。假如喬伊斯在《芬尼根守靈》之後又寫了一本書，大概所有的頁面都會是黑色的了。

傑作可以單獨閱讀嗎？

如果我們閱讀一部傑作的時候，先讀序言、參考對它的解釋、了解它的背景，似乎閱讀起來就會更輕鬆嫻熟，或者說不太會感覺缺了點什麼。這或許是它的特點之一——被解釋的必要性；倒不是因為缺了這些它就會更複雜，而是因為它承載的東西實在太多；文學批評的作用就是不讓任何素材流失。但其實，傑作不需要這些打氣機，真正需要填補無知空白的是我們。

有時候閱讀不那麼偉大的書籍反而比較難。從一些深居簡出、安於自身天賦的作家那裡，我們得到的是傑作，它們完整、自成一體，就像一座座雕塑。而另一些人，或者因為才華欠缺，或者因為有意選擇遠離文學而去寫政治（打個比方吧），從而沒能成為優秀作家的人，當我們得知他放棄了早期自戀卻奪目的文學生涯，當選為某個政黨的代表的時候，或者成為某個女演員的情人或者類似人物的時候，凡此種種，我們才會對他們的書有更好的理解。這就叫「公平」。背景使這類書變得完整，但背景至多能照射出傑作的高峰與低谷。因為無論如何，傑作的光芒都會抵達我們。

傑作創造自己的類別

很長一段時間裡，人們都把那些不討大多數人（自認為代表所有人）喜歡的人當作瘋子，神聖的米歇爾．傅柯是這樣教導我們的，此人對文學說過許多狠話，但不管怎麼樣，比起我對哲學的看法還是沒那麼狠的。有些人把「瘋子」這個詞據為己有，把它打造成戰鬥的武器，但是自稱瘋子是不夠的，有攻擊性是不夠的，像怪獸一樣殘暴也是不夠的。安東拿．亞陶在高漲的熱情中摧毀了許多東西，但是少有建樹。攻擊性是超現實主義的利器，曾在它的放肆不羈中發揮了作用，但攻擊性終究是短暫的。它最多是某種希望脫穎而出、卻沒能如願的事物的自我表達，這是令人難過的。

瘋狂對傑作而言是不夠的。出於對承受瘋狂的人的憐憫，我們才會說是瘋狂成就了傑作。或許一開始瘋狂會傳遞出一種極度的熱情，一片熊熊的烈焰，但它最終會倒地化作一灘漿糊、一片稀泥，讓人惆悵。可是傑作永遠不會倒下。

當我們說用傑作來對抗那些自視健康正常的死腦筋是非正常（瘋狂）的，我們其實已經接受了他們的分類。傑作既非正常，也非不正常，它在別處，它不屬於任何一方。傑作創造自己的類別，我甚至想說是它樹立了類別。

傑作的堅韌

文學可以改變世界。它對世界的改變比起社會運動來得更加真實有效，而且它總是領先革命一步。人們以為同性戀解放運動肇始於一九六九年的「石牆騷亂」，當時紐約的同性戀者早已受夠了被拘捕和毆打，就在警察開始對石牆酒吧（Stonewall Inn）進行第N次搜查的時候，他們奮起反抗了，把搜查變成了充滿喜劇感和英雄色彩的街頭戰鬥，在三天的戰鬥裡，變裝的同志扔出了尖銳的高跟鞋，騷亂者們在格林威治村的街道裡邁著「之」字步，直到把警方逼退，保守者們不堪其辱，其他人傳為笑談，全人類鬆了一口氣。

實際上，真正的戰鬥開始於一九四八年，那一年，一位剛從戰場歸來、名叫戈爾·維達爾的美國年輕人出版了《城市與鹽柱》，出於對雄性陽剛的無比崇敬，他冒險講述了一個發生在男人之間的愛情故事，於是舉國譁然。但它不算是一部傑作，充其量又是一本為了聲援人類事業、旨在推進道德觀念進步，所以能夠堂而皇之地放棄文學的作品。其他作家隨之而來，比如詹姆斯．鮑德溫[1]，他的《喬瓦尼的房間》（一九五六）是一部雖然不那麼令人震驚卻非常棒的小說，它不為申明某項事業，也就是說假如鮑德溫夠精明的話，完全可以把這本書變成一部宣言，因為他從小被一位布道修士領養，而且口才極好，這一點在他關於美國黑人的政治性著述裡表露無遺。（甘迺迪總統稱呼他「馬丁．路德同志」[2]。但我不太肯定這稱號真有那麼親暱友好。）在這之後，戰鬥便開始了。

石牆騷亂之前，還有過一次幾乎微不足道的同性戀平權運動，就發生在一九五〇年代，而且依然是文學打頭陣，其代表是「垮掉」的詩人羅伯特．鄧肯[3]，他早在一九四四年（詩人比小說家更有膽量，他們擁有的讀者更少，卻具有更高的覺悟）就在名為《政治》的小型月刊上發表了一篇呼籲平等的宣言。詩歌比新聞更震撼人心，一九五五年艾倫．金斯堡首次公開朗誦他的傑作《嚎叫》就是力證，他在其中表達了對一個男人的愛慕——注意，他可不是在為此懺悔。平權運動被這種文學的大膽注入了活力，有些時候當我們獨自面對書籍而不在意現實世界的後果，我們反而更加大膽。（當時的政府曾動過禁止《嚎叫》出版的念頭。）其實社會運動就是一種文學，世上沒什麼比一個運動鬥士更像《聖經》抄寫員的了。

艾梅・塞澤爾[4]是站在黑人平權運動前端的詩人之一，他為這項事業所寫的長詩《返鄉筆記》於一九三九年在文學期刊中發表，一九四七年又以書籍的形式出版，並且增加了安德烈・布勒東寫的序言。和許多傑作的遭遇相同，當時助人一臂之力的這篇序言後來也因此被提攜，作品屢次再版，它都被納入附錄從而保留下來。最初是它把光線投向了如同新生兒一般無人知曉的作品上。米蘭・昆德拉把路易・阿拉貢的序言從《玩笑》（一九六八）的法語新譯本裡趕了出去；阿拉貢為這本嘲笑捷克斯洛伐克共產主義的書說了些好話，可他從這本書身上得到的並不比他為這本書所做的少。這位諸多偽傑作的作者不僅借此給自己增添了些許自由主義的色彩，而且可以繼續賴在法國共產黨中央委員會裡。布勒東的那篇序言極具表現力、誇張、自負，用了不少令人忍俊不禁的最高級形容詞，非常的「布勒

1　詹姆斯・鮑德溫（James Baldwin, 1924-1987），美國作家、詩人、劇作家、社會活動家，其作品關注種族問題與性解放運動。

2　原文為「Martin Luther Queen」，與黑人運動領袖馬丁・路德・金的名字諧音，但最後一個單詞在俚語中又指具有女性特點的男同性戀者。

3　羅伯特・鄧肯（Robert Duncan, 1919-1988），美國作家、詩人，與「垮掉的一代」文學運動聯繫密切。

4　艾梅・塞澤爾（Aimé Césaire, 1913-2008），出生於法國殖民地馬丁尼克的黑人詩人、作家、政治家。

東」，但也有這樣漂亮的段落：

如果執著於塞澤爾主張中最貼近現實的那一面，雖然看似接近其核心，卻會不可饒恕地削弱其言論的能量。在我看來，這份主張之所以珍貴無價，是因為它無時無刻不在超越這樣一種不安，即對於一個黑人而言，身處於現代社會的黑人的不安，它所做的不過是把這種不安與所有詩人的、所有藝術家的、所有合格的思想家的不安融為一體，卻又為其提供了強而有力的言語支撐，它包含著這個社會在廣義上給予人的境遇中令人無法容忍的、並且可以無限改善的因素。

布勒東是個恐同者，但不是個種族主義者。塞澤爾的長詩（長達六十五頁）有一種預言的口吻，它令人意識到預言也可以預見當下。它說「一切都將在未來爆發」，實則是為了喚醒人們當時處於沉睡的意識。這是一本反對宿命論的書，其中有變幻的韻律、巧妙新穎的用詞、諷刺的意象（「美麗得如同在湯碗裡看到一顆霍屯督人[5]頭顱的一位英國女士滿是震驚的臉」）、漂亮的省略（「我笑聲中沙啞的違禁品」）。不過，塞澤爾可沒有笑，即便他有膽量反對時局，他反對時所用的法語也無懈可擊，恰似一個精通這門語言並且在將它摧毀的邊緣對它實施著顛覆的人。法語極其規則，以致於其文學中總是夾雜著語法。當變化超過了一定程度，法語便不再是法語了，與外表相比，其語法的特徵更弱。因此，法語的顛覆往往是從古典主義開始的。每種語言的結構塑造了它的傑作。我們常自認為不受拘束，然而不受拘束的條件是我們必須承認，傑作至多會顛覆某些人的正確，它對日常生活這條大河沒有絲毫的影響。人們可以不接受某種影響，而在其他某些影響下繼續活著。但傑作的影響在日漸擴大，這些小石子最終會改變河流的方向。

5 即科伊科伊人，非洲西南部的原住居民，從五世紀開始在非洲生活。

吹著口哨的傑作

擅用魔法的人喜歡隱藏勞動的艱辛。他就是那個一頭亂髮的英俊男孩，我們願意追隨著他一直到伯羅奔尼撒的特洛伊，他牽動著所有人的心，包括我們的。這威耳比俄斯[1]可真是風度迷人，我得跟拉辛說說，他一定會這樣回應我：「噓！他們不應該知道。」拉辛在《費德爾》和其他作品中懂得如何將亞歷山大體詩的堅硬鎧甲軟化，用近乎散文的語體來寫詩，埋下相當隱匿的韻腳，運用十分尋常的詞句，於是大獲成功。

關於《牧神的午後》，馬拉美說：「我……在其中嘗試著，把一種常見的寫作技法十分隨意地、從頭至尾地排放在整首亞歷山大體詩的旁邊，彷彿詩人自己加上的伴奏音樂，不到重大場合絕不允許詩歌的正身出現。」（朱爾斯．胡雷特，《考察文學演變》）這位偉大的手藝人親手摧毀了手工式技藝，最先摧毀的就是他自己的作品，像教堂圓花窗一樣精雕細琢的技藝（圓花窗是很漂亮，可是看著它就讓人想到耗費的勞力）。他的傑作沒有傑作的味道，他不僅創造了一種新的形式——這首詩如同一幅展現海上風暴的油畫，人物身處低谷，感情卻位於巔峰——而且還毫不自誇。我們可以說手藝人辛苦勞作式的（涵義錯誤的）傑作與天才相對立，而天才會成為傑作。天才會躲避堆砌式的傑作，《鮮花聖母》便是躲避《善意的人》[2]的結果。這樣一部反傑作式作品，由於其出色的成就，反而變成了傑作。好吧，它仍然是反傑作的。《鮮花聖母》並不是尚．惹內想寫得複雜化的一本單純的小說，它就是一種創造，為它自己存在。

單單是提到朱爾斯．羅曼那套小說（百年燉肉式的傑作）的名字就夠我受的了。法蘭西有整整三十年都認為他是天才——前十五年裡他出版了造就朱爾斯．羅曼的那些小說（一九三一～一九四六）；後十五年裡評論界不想自己抽自己嘴巴，讀者也不願承認他們白費了那麼多工夫。沒錯，他當然有他的品質，可是拿他去跟那些什麼品質都沒有的作家去比，也實在太沒新意了。我長久以來幻想著寫出（也就是說我沒真想寫）這樣一本書，書

1　古希臘神話人物，也是拉辛的悲劇《費德爾》的主人翁。
2　法國作家、法蘭西院士朱爾斯．羅曼（Jules Romains, 1885-1972）的系列小說，長達二十七卷。

名就用《善意的人》裡一個章節的標題：「傍晚五點的巴黎之簡介」。他那些風趣幽默的書一點都不風趣幽默，他就像那位陰森森的克諾克大夫[3]，已經被遺忘了，就讓他繼續被遺忘吧。他們實在倒盡了我的胃口，這些討厭的人，和他們拙劣的玩笑，這些泥水師傅，和他們像泥漿一樣的小說。優雅在哪兒？雕塑在哪兒？

十六歲時，我獨自一人在倫敦，買了一本王爾德的袖珍版文集。我以為整個宇宙的歷史上只有十二位作家，他們每過一個世代都會轉世重生。

世上有些傑作出自熱情，而另一些出自刻苦。第二種略低一籌。朱利安・格拉克[4]在他的散文（那是他的傑作）裡不像一位評論家，因為他談論的是內在，他對於作家們有著出人意料的思考。我們會注意到他是如此特立獨行，以致於創造出了自己的分類體系，比如在《首字花飾》（一九六七，一九七四）中他寫到了捕鳥一族（韓波）和圍獵一族（馬拉美），不穿鞋子的作家（斯湯達爾）和臨行前總是把鞋帶紮緊的作家（保羅・克洛岱爾），如同近視一般更擅長近距離特寫的人（普魯斯特），以及像遠視一樣擅長廣角式描述的人（托爾斯泰）。有一點並不廣為人知，格拉克是個思考先於寫作的人，或者說他一邊思考一邊寫作。《且讀且寫》是他傑作中的傑作，因為他不經意間撒在其他作品中的印記，這裡都派上了用場，而且毫不生硬，在有意和隨意、推敲斟酌和輕鬆落筆之間製造出一種美妙的平衡。

呵，我多麼喜歡藝術家靠近錯誤邊緣時的感覺，他裝出一副就要把作品糟蹋了的樣子，只不過是出於對我們的禮貌、出於自我消遣。他的音樂、他的繪畫、他的文學看似行走在摩天大樓的頂端邊緣，而他自己也顯得步履蹣跚。假如他做得恰到好處，人們就會熱烈讚賞，既為他的成就，也為他的善意。比如阿隆・科普蘭[5]《墨西哥沙龍》的雙鋼琴縮減版。

斯湯達爾在很短的時間內寫出了《自我中心回憶錄》，這是他最好的書之一。它沒有他其他書裡的陳詞濫調——不論他是疏忽大意，或是由於他人代筆，還是有意挑釁（對他來說都有可能）而把這些陳詞濫調放了進去，總之它們毀了他決意要出版（我的意思是「立即就出版」）。因為在我看來，一位作家不論寫什麼，都不可能不考慮筆下的東西有朝一日

3 話劇人物，出自朱爾斯・羅曼創作的諷刺話劇《克諾克大夫》。
4 朱利安・格拉克（Julien Gracq, 1910-2007），法國作家，作品具有超現實主義風格。
5 阿隆・科普蘭（Aaron Copland, 1900-1990），美國古典音樂作曲家，被視為美國民族風格的代表。

會出版）的某些作品中的部分段落；它只是偶爾浪費了一些時間來挖苦某些並不重要的權威，典型的斯湯達爾作風。《自我中心回憶錄》以及《亨利．布呂拉爾的人生》[6]在其死後（前者出版於一八九二年，後者於一八九〇年）都成為口哨式寫作的模範樣本，而且被模仿的不僅僅是口哨般的文體，還有它的內心感受。文學史上不乏內心寫作，但都太過張揚，聖奧古斯丁、盧梭，這二位無一例外都是這樣。而斯湯達爾發明了一種向自己訴說的寫作方式，它之所以是一部傑作中的傑作，就在於從深淵中釋放出了一種全新的訴說、思考、讚美和歌頌的方式。

6 斯湯達爾未完成的自傳體作品，出版於一八九〇年。

每個人都有屬於自己的傑作

我們總愛把魅力視為一種脆弱、一種弱點，總之是我們討厭的那些東西，而它們又是創造性思維的基礎。或許因為它們確實是基礎——說它們是基礎並非誇張，而且無須掩飾地說：這是有代價的。

莒哈絲和她的同黨曾頗為高明地寫過反對魅力的書，但這些書卻只在施展魅力，帶著它們才會有的「無恥」。沒錯，假如你像貝克特那樣毫無修飾（題外話，我們或許會說他是透過滑稽詼諧來施展魅力），你也許可以這樣寫，但如果你是莒哈絲，而且時常擱淺在極其可笑且沒有絲毫魅力的誇張之中，你會覺得所謂魅力，比起人們一直以來對繆塞[1]或濟慈所持有的那一點點輕蔑，其實多得多了。我說這話時，正在看繆塞駁斥反對者的話，

1 艾爾弗雷德・德・繆塞（Alfred de Musset, 1810-1857），法國浪漫主義時期詩人、作家、劇作家。

倘若句子寫得漂亮而有魅力，人們就會覺得魅力是個了不起的東西。

在《肖像．回憶》（一九三五）中，考克多[2]就像一八一〇年代的慶典司儀，身穿緞面大翻領的紅色燕尾服、留著捲曲的髮束。在台前，他命人將帷幕升起，向觀眾介紹莎拉．伯恩哈特[3]、米斯汀吉[4]、里爾克，他的袖子裡藏著太多的好牌。夏多布里昂在《墓中回憶錄》中又更勝一籌，不僅好牌更多，也更引人入勝，掉了腦袋的路易十六、與大流士大帝[5]相媲美的拿破崙、兩三場革命，還有眾多愛情故事。一部作品就是一本戰勝所有優勢的書。

許多書並不是書，而是成書的意願。它們的作者想成為文學家，但他們不是，於是他們就強攻硬上。這本書來點幽默、幻想、巴洛克，很快他就炮製出了效果相反的東西，無聊且令人難以忍受。那本書來點無修飾、言簡意賅、粗礪文風，於是我們不得不強忍著笑，恨不得扔下它跑去跳舞。另外一本多來些抒情，運用排山倒海的形容詞強迫我們承認它出類拔萃，可是不一會兒，我們就被它的粗糙不堪弄煩了。他們不是在寫作，他們是在發願——我願意！我願意！但依我看，寫作和跺腳還是有差別的。意願會吸引人們來圍觀，就像一輛坦克，人們把它打開，裡面的一切死氣沉沉，骨架是用鐵絲和銷釘連結在一起的，凹陷的雙眼什麼都看不見。他們可以在世界傑作製造大賽上贏得金牌。

如果說我對歸屬於某種類別的傑作將信將疑(它們似乎在為某個功利的目的服務,不管這目的多麼令人讚許),對屬於自己的傑作,我看不出任何反對的理由。我甚至覺得假如每個人都心懷一部傑作,那會是珍貴的、動人的、美好的,即便不說出來也是好的,因為這些東西時常太過脆弱,禁不起光天化日的拳打腳踢。我們可以成為珍愛這些創造物的唯一的人,原因毋庸置疑——是它們令我們發現了構成自我的某種東西,沒有其他任何一部偉大作品做到了這一點,這便是令這部作品獨一無二的特質。假如一本書向一個人揭示了他自身的一項要素,這本書便有資格享有傑作的頭銜。是的,「每個人都有屬於自己的傑作」是一件相當美妙的事情。

2 尚・考克多(Jean Cocteau, 1889-1963),法國詩人、作家、劇作家、設計師、藝術家和導演、法蘭西學院院士。他在《肖像・回憶》(*Portraits-Souvenir*)中回顧了一戰前巴黎文化知識界的生活。
3 莎拉・伯恩哈特(Sarah Bernhardt,約1844-1923),法國戲劇、電影女演員。
4 米斯汀吉(Mistinguett, 1876-1956),法國女演員、歌手。
5 即大流士一世(Darius I,約BC550-BC486),西元前五二一年至前四八五年波斯阿契美尼德帝國君主。

我並不總是為了追求完美就向內心專制的衝動讓步，實際上對完美的渴望越是強烈，我就越是想抵抗。薩沙・吉特里[6]的電影《做一個夢吧》當中那個打電話的場景，我大概看了四十遍，看到第四十遍還是心醉神迷（被征服、心蕩神馳、像墜入愛河）。這是一部可以通行世界的戲劇傑作。吉特里扮演的人物正準備接待一位女士，他希望讓她成為自己的情人，可是她遲到了，於是他打電話給她，就這樣展開了八分鐘的嘲諷和機智。「我知道結尾是〇二……啊，不對，不完全是：帕西一四—三三號……怎麼連響都不響。唉！她幹什麼去了，打牌嗎？我馬上就找投訴部。喂！喂！投訴部嗎？妳好女士，我請你們接通帕西一四—三三號至少半個小時了！」他，這位引誘女士的高手，浴袍口袋裡垂下的手帕像一條狗的舌頭，他姿勢做作，小指上戴著戒指，抬眼看著天，輕聲細語，拉著電話線，抽著菸，終於開始和那個女人說話，問她做什麼，為什麼沒來，邊說情話、邊撒謊、邊賭氣，總之美好得像奶油配蜜糖。

每個人都有一些用來打發低落情緒的傑作。如果問我，我一定會加上華特・迪士尼的《一〇一忠狗》（一九六一）這部動畫長片的傑作。兩隻丟了孩子的大麥町夫婦在攝政公園裡叫了起來，叫聲引起了附近漢普斯特德一隻大丹犬的注意，它把消息傳給了一隻短腿獵腸犬，一隻鵝的朋友，獵犬又把消息傳給一隻老年犬「上校」，跟隨上校的是一匹馬上尉和一隻貓中士，於是犬界的宏偉故事就此拉開序幕。但是沒有一部迪士尼動畫片比得上《貓兒歷險記》（一九七〇），這部溫情幽默的傑作至少在一定程度上使我認識到我想從生活裡得到什麼。是啊，我一直記得影片的開始，一九一〇年的巴黎，在一棟豪宅裡，老婦人說著：「老天啊！」母貓杜翠絲低頭對她的一隻小貓說：「聽我說，要做個合格的人可不能這樣！」還有那兩隻自信於牠們的權益而毫無畏懼的鵝，扭動著巨大的臀部，大搖大擺地上路，還有肥胖又害羞的野貓歐瑪，還有勇敢的小貓杜洛斯！或許我人生中犯下的一些錯誤就來自於這部電影，因為我相信了雄性世界的善良，我所有過的一些不太糟的行為，來自於它傳達的騎士精神，而我所嚮往的一些東西則來自於杜翠絲。呵，為我們的貽誤與偏差賦予輪廓的傑作啊！

6 薩沙·吉特里（Sacha Guitry, 1885-1957），法國劇作家、演員、導演。《做一個夢吧》（*Faisons un Rêve*）是他於一九三六年執導的影片。

傑作是我們的盔甲

《可怕的孩子》[1]像一副洗過的紙牌。紙牌被作者一股腦地拋出，投下三角形的影子，如同表現主義影片。在一間寬敞的公寓裡，住著男孩保羅和他的姊姊伊麗莎白，除了自己的夢想，他們無須遵守任何秩序，他們發明了一種被他們稱為「遊戲」的東西，一種對他們而言比生活更加真實的場景，那是他們的真理。伊麗莎白冷酷、專斷、不苟言笑（筆下人物的莊嚴呆板是考克多的一大傑作，他自己走起路來就像古埃及象形文字裡的祭司），她剛嫁給一名富有的美國人就成了寡婦，彷彿宿命總是將這兩個少年推回給另一方，並且推向悲劇。他們搬進美國人留下的私宅，和保羅的一個男同學以及一個女孩住在一起。當伊麗莎白得知弟弟愛上了那個年輕女孩，她策劃了一起陰謀。最終保羅吞下毒藥，伊麗莎白用手槍結束了自己的生命。書裡最常見的詞是：夢、雪、影子。它們給這本書賦予穆瑙[2]影片的特徵，只是不那麼漫長。這是一部鋒利的小說。

如考克多幾乎所有的作品，這本書為宿命觀所牽引。「它似乎已表明命運如何運轉，就像在緩慢地模仿織藝女工手中的梭子。」這使我想起他的話劇《地獄機器》（一九三四），還有那篇序言。在我十三歲時，曾一遍遍地用打字機抄錄它，三遍、五遍、十遍，就像要把這部作品據為己有，讓我得以成為寫出它的人，即便當時的我根本還不是作家，甚至不知道我將來會成為作家（對文學的覺醒與對性的覺醒很像，而且文學也是一種性），我充滿熱情，並且偷偷地希望走進這個世界，站在被霧氣覆蓋的玻璃另一端，我感到自己掌握了這個世界的許多東西，除了鑰匙。「看哪，親愛的觀眾，它上緊了發條，好讓彈簧隨著一個人的生命慢慢舒展，這是一台由地獄的神靈建造的最完美的機器，為了使一凡人以精確的方式從世界消亡。」在《可怕的孩子》裡，即使是次要人物看上去也任由命運擺布。唯有在美國男人死去的時候，他才被允許進入姊弟倆的「遊戲」：「飄動的圍巾在將他勒死

1 《可怕的孩子》（*Les Enfants Terribles*），身兼詩人、小說家、設計師、劇作家、藝術家和導演等多元身份的尚・考克多於一九二九年創作的小說，後改編為電影、舞台劇等。

2 F・W・穆瑙（F. W. Murnau, 1888-1931），默片時期最具影響力的導演之一，出生於德國，後前往好萊塢，是一九二〇年代德國電影表現主義運動的代表人物。

的同時，也為他敞開了那個房間的門。假如不是這樣，他永遠無法進去。」一直試圖讓傳奇復甦的考克多從頭到尾都在這本書裡製造新的傳奇。美國男人由於死而變成了傳奇，因為他的死複製了伊莎朵拉．鄧肯[3]的慘劇，鄧肯正是因她的長圍巾被絞進敞篷汽車的車輪裡而被勒死的。伊麗莎白這個人物也被傳奇化了：「悔過使她變得偉大，為她披上高尚的斗篷，除去了狡猾的外衣。」（令人想起羅馬尼亞暴君的妻子埃列娜．齊奧塞斯庫，在公審時的表現）路過的消防隊員被傳奇化了：「傑拉爾看到建築的底層，它們一幢接著一幢卻又互不協調，紅色的消防梯，戴著金色頭盔的男士們蜷縮著身子，像寓意畫裡的人物。」書中的地點也被傳奇化了。《可怕的孩子》與其說是一部小說，倒更像是現代神話。

儘管有少許誇張（這些不完美恰恰顯示出傑作人的屬性），書中那層層疊疊而又劈啪作響的法語十分成功，好比一席修長而「簡潔」的晚禮服，從人群中穿過即綻放光彩。《可怕的孩子》因其畫面感立足於世，它是一本充滿畫面的書。人物即是畫面，而畫面又由於簡略的優美摺摺生輝，比如雪，是「裝著輕盈物質的沉重盒子」。

當這本書問世的時候，青年賦予了它成功。如今我們已忘記，第一次世界大戰之後，老年是如何籠罩著整個歐洲，當時父輩們都被奪去性命，只剩下祖父們。以及逝者的幽靈，還有曾經的戰士們。伴隨考克多這部小說的問世，青年再度降臨。怎麼說呢？青年也有權擁有自己的悲劇。《可怕的孩子》是一部罕見的在表現孩子時並不討好大眾的小說，它寫出了孩子可能會有的殘虐與無情，真摯和虛假。伊麗莎白和保羅「天生就是孩童」，考克多這樣寫道。這是他們的宿命，他們本該走出童年，卻不想走出。大多數人都欣然走出，同時變得庸常。而伊麗莎白和保羅沒有絲毫的世故，他們有的只是激情，他們用「遊戲」來保護自己，他們不知道怎樣閃躲障礙。由於無力迴避，他們徑直地衝向障礙，這便是青年的風險，他（青年）感激考克多在這本書裡將它表現了出來。哦，我們怎麼沒有「青年的王子」啊？當時的人們如是說。文學的王子告訴我們的青年（絕望的青年），總有一些成年人不是來給他設置藩籬、羈絆或羞辱他的，這些人愛他並且不懼怕他。於是他開始在隨處亂扔的襪子和糟糕的教科書堆裡翻找傑作，它們將成為孩提時代的圖畫書在成人之後的延續，成為永遠的遊戲室，他們可以在裡面繼續當遊戲的主人翁；成為盔甲，確保他們以遠比預期好得多的方式穿越人生。

3 伊莎朵拉・鄧肯（Isadora Duncan, 1877-1927），美國舞蹈家，以回歸古希臘藝術和提倡自由表達革新了舞蹈實踐。

傑作是一種帝國主義

有些書為一片領地帶來生命，並且將它納入文學。在我看來，單這一點就足以使它們進入傑作的行列。生命不需要解釋，無形會在其中喪失力量。文學是有形對無形的戰鬥，生活中沒有文學的人，不知道他們為什麼受惠於文學，除非他們清楚地知道他們懼怕文學什麼，那他們就會明明白白地對它展開攻擊。讓這些粗俗的人繼續粗俗吧，反正跟他們爭辯也是白費力氣。豬永遠是豬，我們做我們的蝴蝶好了。

文學兼併的領地，可以是一個人或者一種感情。他們先前在一個洞穴裡幾乎窒息，被文學兼併後終於活了過來，也就是說具備了人的屬性。有時候這是有相當具體的時間的。假如不把色情小說考慮在內，女同性戀是先後透過巴爾札克《金眼女郎》（一八三五）裡的桑－雷阿爾侯爵夫人和大仲馬《基度山恩仇記》（一八四四）裡的唐格拉爾小姐這兩名人物出現在文學裡的。兩名狂野不羈的女同性戀者——桑－雷阿爾侯爵夫人殺死了帕吉塔，而沒讓她跟一個男人遠走高飛；唐格拉爾小姐跟她的音樂老師出逃，而沒有跟一個男人結婚。雖然沒有明說，甚至沒有完全表現出來，但是得到（強烈）暗示的事是：貝爾帝托發現唐格拉爾小姐和路易絲・德・阿米莉小姐躺在一張床上。所以你想說什麼呢？人們大概會這樣問。所以我想說？具有決定性意義的兼併是透過詞彙完成的。沒有它，她們仍然只是會說話的幻影；或者說少數人的生活方式，儘管人們很想予以表現，但條件是不得說出名稱，因為作者發現這件事並沒有名稱，顯然這是不幸的根源。對於巴爾札克筆下的這名女同性戀者、女殺人犯而言，是不幸的，對他筆下的伏脫冷[1]，那個同樣沒得到充分表現的男同性戀者而言，也是如此。

說到這裡，巴爾札克也是第一個將男同性戀人物引入小說的，但這個人物必須是悲劇性的，彷彿這樣才能讓這種貿然闖入得到諒解。至少樂觀的大仲馬本人並未作出評價，他雖然把兩個女孩放到了同一張床上，但是從巴爾札克筆下的小資產階級們來看，社會並沒就此崩潰。圍城時段結束，文學放下了小心和謹慎，開始正式運用那個詞展開進攻——它

1 巴爾札克筆下的人物，出現於小說集《人間喜劇》中的多個作品中，如《幻滅》、《高老頭》、《交際花盛衰記》。

開始說「女同性戀」(lesbienne)。領地被攻克了，這些女人不再是怪物，而是變成了人。後來的小說不再需要使用這個詞，事物本身已得到確認。人們展現女人對女人的愛，如同展現男人對女人的愛，無須更多曲折糾葛，也無須用一個詞來指稱它(例如「同性戀」甚至是「女同性戀」;其實她們什麼都不是，她們只是相愛)，因為那樣，或許是依然相信問題存在。這既不引發疑問，更不會製造問題，就像餐後喝杯咖啡那麼習以為常。我們應當在攻克詞彙之後把它丟掉。

至於跨性別變裝者，如果沒記錯的話，他們最早出現在弗朗西斯·卡爾科[2]的小說《耶穌·拉·卡耶》(一九一四)中，後來又出現在二次大戰之間、描寫蒙馬特地區的小說裡，但都是遠距式的，如同裝飾或風景元素。一直到尚·惹內的《鮮花聖母》(一九四四)，我們才看到他們的近景特寫。呵，迪維納(Divine)這個人物，多情而悲憫，為自己的弱點而自豪！他就像尚·惹內的所有人物，彷彿出自童話，這樣也挺好。準確來自於某種形式的誇張，但這不是指謊言。二〇一二年，人們發現了或許是騎士戴翁[3](跨性別變裝者之母)真身的肖像，那鬆弛的雙頰、那憂鬱的神情，他的腳下大概還放著一個裝著大蔥的菜籃子，這恰好對應一位變裝者在他的回憶錄中寫到的:「我從未想過為我的國家成為一位歌后。我只是希望變成一個有點蠢的女人。」（《易裝者》，作者大衛・迪莫捷[4]，二〇一二）平庸也可以成為一種理想，看看韋勒貝克[5]就知道，裝出叛逆的姿態實則是隱藏平庸（他有著懦弱者的惡毒）。在普羅旺斯艾克斯（Aix-en-Provence）音樂節的創辦人加布里埃・迪敘熱（Gabriel Dussurget）的回憶錄《艾克斯的魔法師》（二〇一一）裡，我們見證了一名警察的滑稽葬禮，他是一位變裝者的情人。變裝情人把他的哀思帶上了輕軌列車，路人們冷嘲熱諷，蒙馬特的變裝者們聲援反詰。這難道不能成為尚・惹內寫進《鮮花聖母》中的一段故事？不管是在這本書裡還是其他地方，我們都看不到變裝皇后（drag-queen）。必須讓這些超凡脫俗的比薩斜塔中的一位走進一部小說的前景，不再作為特殊人物，而是變成真正的人，這將會消除怨恨和恥辱。文學可以透過對事物的展現（monstration）來消

---

2 法蘭西斯・卡爾科（Francis Carco, 1886-1958），法國作家、詩人、記者、龔古爾學院的成員。

3 騎士戴翁（Chevalier d'Éon, 1728-1810），法國外交官、間諜，他以男性的身分生活了四十九年，又以女性的身分生活了三十三年。

4 大衛・迪莫捷（David Dumortier, 1967-），法國詩人、作家。

5 米榭・韋勒貝克（Michel Houellebecq, 1956-），法國詩人、作家、電影導演。

除恥辱——展現，多可怕的詞[6]。我把它收回，但誰能找到一個更漂亮的字眼？

變裝者、變裝皇后、身體，你在這些詞中看不到性別，或者說不會比看到女人這個詞時看到更多的性別意味。任何一個文學中的主人翁都可以把變裝者阿格拉多在《我的母親》（阿莫多瓦的傑作）中說的那句話作為自己的箴言：「當人最接近他夢想成為的那個自我的時候，他才是最真實的。」當我們聽憑生命自己展開，它是那樣粗暴，而小說對未知領域無止境的占有，為生命賦予人性。

6 法語中「monstration」的含義為「顯示、展示」，但該詞前半部分與「monstre」（意為「怪物」）基本相同，容易令人聯想到「妖魔化」。

傑作的不公允

一部傑作是一艘拖網漁船，它拖曳著作者的其他書籍，使它們變得更好，或者在某種程度上，讓我們明白那些書也有著優異的內在，而我們從前卻沒看見；作者自己從前也沒看見。在《墓中回憶錄》之前，夏多布里昂擁有突出的宣傳家天賦，至於才華，當然也有，但是所謂才華，在一定程度上所有人都有。《回憶錄》（一八四八）問世後，人們忽然發現《阿達拉》（一八〇一）、《勒內》（一八〇二）、《最後的薩拉只家族的傳奇》（一八二六）把在這部傑作中綻放的千般品質都呈現出來了。於是人們意識到，夏多布里昂確實擁有修煉這些品質的才華。要知道滿足於自己的聲名，並且重複那些製造聲名的東西是多麼容易！更不用說在《回憶錄》這部老辣（且出版於身後）的傑作之外，他還在死前完成了一部不那麼正襟危坐的傑作——《朗賽的一生》（一八四四）。這之所以是一部傑作，是因為它不像《回憶錄》那樣服務於他的榮耀，而是毫無動機的。最偉大的書，不服務於任何事、任何人，甚至不服務於它的作者——當然它終究會服務於他／她，在它成功之後。

莎士比亞畢生都在這樣做，一些純粹的戲劇作者也是如此。戲劇通常可能會令作者自我服務的一切都消失。

另一種不公允——長度。一首詩足以確保一位作者的永恆，而另一位作者上千頁的作品卻會在出版之後立即死去。這種淘汰同樣也發生在一部作品的內部。假如阿波利奈爾[1]得知，一千年後，有一部詩集像《帕拉丁詩選》[2]收集古希臘詩歌一樣，把我們這個時代的文學碎片也收集成冊，而他僅有的一行詩句（那是個濃縮的傑作）位列其中——「啊，艾菲爾鐵塔牧羊女呵，成群的橋兒們今早咩咩叫了嗎？」——他會抱怨嗎？在龜裂得長了草的柏油高速公路邊，那時的考古學家們找到一些翻倒在地的埃索和道達爾的鐵皮巨人，他們正納悶這些巨人的功能是什麼；與此同時，一位長著動物皮膚、太陽穴上植入了一根天線的教授正在跟他的學生們解釋什麼是橋。總而言之，最最不公允的，就是才華，是天資。請看萊奧帕爾迪[3]的一只風箏：

A se stesso

Or poserai per sempre,
Stanco mio cor. Perì l 'inganno estremo,
Ch 'eterno io mi credei. Perì. Ben sento,
In noi di cari inganni,
Non che la speme, il desiderio è spento.
Posa per sempre. Assai
Palpitasti. Non val cosa nessuna
I moti tuoi, né di sospiri è degna

1 紀堯姆・阿波利奈爾（Guillaume Apollinaire, 1880-1918），法國詩人、劇作家、藝術評論家，被視為超現實主義的先驅之一。

2 《帕拉丁詩選》（*Palatine Anthology*），一部希臘詩歌和警句集，一六〇六年於德國海德堡的帕拉丁圖書館被發現。

3 賈科莫・萊奧帕爾迪（Giacomo Leopardi, 1798-1837），義大利詩人、作家、哲學家，被視為十九世紀最偉大的義大利詩人，浪漫主義文學的重要代表。

La terra. Amaro e noia
La vita, altro mai nulla ; e fango è il mondo.
T'acqueta omai. Dispera
L'ultima volta. Al gener nostro il fato
Non donò che il morire. Omai disprezza
Te, la natura, il brutto
Poter che, ascoso, a comun danno impera,
E l'infinita vanità del tutto.

〈致自己〉

你將永遠安息，
我疲憊的心。逝去了，那終極幻象，
它曾令我自信不朽。逝去了。我明白，

在我摯愛的夢幻裡，
非但希望，就連慾念業已熄滅。
安息吧，永遠地。你已經
跳動良久。沒什麼配得上
你的熱忱，你的任何一次喘息
土地也不配擁有。悲苦與厭倦，
人生，從未有其他；泥淖即為世界。
平息吧，如今的你。最後一次
絕望。命運之於我們
只賜予死亡。從今起蔑視
你自己，自然，和那粗暴的
隱匿的，支配著世間不幸的力量，
還有無盡的一切的虛無。

——《歌集》（*Canti*，一九三三）

我本想引用羅徹斯特伯爵[4]所寫的暗示性愛的傑作《不完美的歡愉》，但是老天爺留給我的位置和我並不總是反對的公平原則，迫使我把優先權給了一位來自二十世紀、不曾受惠於三百三十三年引述的作者，那就是從未被法語譯介的湯姆·甘恩[5]，和他最好的詩作之一。這位幾乎畢生活在舊金山、頗具格林威治村[6]摩托車黨風範的英國人，寫出的〈夜半醒來的人〉（一九九二），是迄今為止有關愛滋病最好的作品，並且由於它是優秀的作品，它當然就不是「關於」，而是「伴隨」，伴隨著愛滋病的。一本好書，尤其一部傑作，不會任由一個主題指引。

第二隻風箏：

Still Life

I shall not soon forget
The greyish-yellow skin
To which the face had set :

Lids tight : nothing of his,
No tremor from within,
Played on the surfaces.
He still found breath, and yet
It was an obscure knack.
I shall not soon forget
The angle of his head,
Arrested and reared back

4 約翰·威爾默特，第二代羅徹斯特伯爵（John Wilmot, 2nd Earl of Rochester, 1647-1680），英格蘭的傳奇人物、放蕩主義詩人，所創作的詩歌以諷刺與下流著名。

5 湯姆·甘恩（Thom Gunn, 1929-2004），詩人，出生於英國，一九五四年移居美國。後期詩歌多涉及同志議題與性、藥物使用、波西米亞式生活。〈夜半醒來的人〉（The Man With Night Sweats）是甘恩以愛滋病為主題的詩歌中的一首。

6 紐約市曼哈頓南部下西城的居住區，在十九世紀後期至二十世紀中葉曾有大批藝術家在此生活，是鍾愛波西米亞生活方式的人士聚集地，現已成為中產階級居住區。

On the crisp field of bed,
Back from what he could neither
Accept, as one opposed,
Nor, as a life-long breather,
Consentingly let go,
The tube his mouth enclosed
In an astonished O.

〈靜止的生命〉

我不會很快忘記
那張臉呈現的
灰黃色肌膚：
眼皮緊閉：沒有他的絲毫，

沒有內裡的震顫，
浮現於體表。
他仍然尋得到呼吸，然而
那只是難以覺察的技巧。
我不會很快忘記
他頭顱的角度，
止息而後仰
在挺括的床面上，
從他既不能
接受（因有人反對），
又不能（作為終日呼吸的人），
自行了斷的兩難中返回，
他的嘴緊含的膠管
是一個驚異的「O」。

湯姆・甘恩去世的那天，帕特里克・麥克吉尼斯[7]難過地在我的語音信箱中留下一則訊息：「我是帕特里克，湯姆・甘恩死了。」他知道我喜歡他，也是他讓我知道了這位作者。傑作的傳遞就像接力賽，這還涉及要擊敗一個敵人，假如我沒忘的話，我稍後也許會提到他的名字。在一定的程度上，湯姆・甘恩出於反擊，寫下了〈夜半醒來的人〉；擊敗一個朋友、一個詩人和評論家，此人向甘恩斷言：「沒有一個同性戀能寫出一本偉大的書。」甘恩沒跟這個白痴決裂，並且去和魏爾倫、華特・惠特曼、雷納多・阿里納斯[8]、三島由紀夫、克里斯多福・馬洛、佛多里柯・賈西亞・羅卡跳恰恰舞，他寫出了他的書。愚蠢有可能催生一部傑作，假如它得知這一點，大概會暴跳如雷。

7 帕特里克・麥克吉尼斯（Patrick McGuinness, 1968-），詩人、作家，牛津大學比較文學教授。
8 雷納多・阿里納斯（Reinaldo Arenas, 1943-1990），古巴詩人、作家、劇作家。

令人開心的傑作

幽默是世界上最罕見的東西。一個具備幽默天賦的人，應該被送進醫院、軍營、千家萬戶，能博人一笑者便是天使。有些詩人成功地寫出了輕盈的喜劇，它們寬厚善意、言簡意賅、富於嘲弄意味，令悲劇看起來就像戴著耳環的母牛。莎士比亞的《無事生非》、繆塞（也算莎翁的繼承人）的《勿以愛情為戲》、薄伽丘的《十日談》、卡爾德隆．德拉．巴爾卡[1]的《人生如夢》，彷彿一面面彩色的三角旗，在帕那索斯山[2]山巔最高的旗桿上迎風招展。

我為一位朋友朗讀《上帝之美》中充滿畫面感的一個段落，他放聲大笑。這個段落其

1 卡爾德隆．德拉．巴爾卡（Pedro Calderón de la Barca, 1600-1681），西班牙文學黃金時期重要的劇作家、詩人、作家。

2 希臘中部的山脈，是希臘神話中太陽神阿波羅的聖地，也是繆思女神居住的地方。

實並不引人發笑，但有些本不好笑的東西就是能讓人發笑，因為天才能讓人發笑。彷彿扯下尋常人生陰鬱的烏雲，露出藝術創造陽光普照的藍天，這本身就激發歡樂。假如不是一部傑作，又有什麼能夠做到？

幽默常常夾雜在小說的悲劇情節中，小說就像三明治，可這對戲劇就更難，戲劇總是個難題。當傑作純粹時，它並不會更高級，但它也許更令人心生敬畏。

不循常理的傑作

沒人期待傑作的出現。在肩負著上十億人庸常瑣事的區區幾十萬人眼裡，它的極端不實用恰恰使它變得必不可少。這區區幾十萬的少數派，是站得住腳的。假如我們根本不給任何少數派以存在的理由，坦克早就把蝴蝶全部碾碎了。所謂多數派，即是簡單、方便、合理，任何一點不同在它看來都是一種懷疑、一種敵意，離攻擊不遠了，它覺得自己遭到了迫害。看看正在睡覺的狗，被一片飄落的花瓣驚醒時那惡狠狠的眼神——我只要求周圍一切的安靜、隱密、乖巧識趣！

傑作是這個世界宛如會計師一般思維的對立面。假如任由人生像滾熱的瀝青席捲而過，人們身陷其中不過是為了毫無生氣地完成別人要求做的事、然後死去，那未免太謹小慎微了！哪怕一個畢生都在宣揚理性的人，比如伏爾泰，他的傑作也是非理性的。我說的不是他為了討好當時風氣，或者幫助他實現平步青雲之夢的那些應景作品，比如有關亨利四世的史詩《亨利亞德》，而是桀驁不馴、如同火槍子彈的那些書：《哲學辭典》、《論寬容》，還有《風俗論》，他把該書偽裝成一部歷史分析作品，就像加了消音器。「瘋狂理性的批判」——這些書本來可以叫這個名字，瘋狂得如同「中世紀」這個美妙的詞[1]，如同巴爾札克和他的睡袍，如同《皆大歡喜》中的莎士比亞，如同《黑室》中的馬克斯·雅各布，瘋狂，便是那些為理性痴狂的人們寫出的詩，在投身於這種痴狂的時刻，他們也騰空飛起，為了更加大膽，他們把詩歌裝扮成沒心沒肺的樣子，從而寫出極其、極其、極其反抗權力的書，就像伏爾泰那樣。伏爾泰尤其瘋狂，因為他來自毫無背景的家庭，不認識任何人，卻又喜歡尋開心，但他竟敢率領樂趣的大軍與無聊對抗，而且大獲全勝。

博馬舍，傑作《費加洛的婚禮》的作者，本該為他的膽大妄為和詭計多端挨揍，但其實他也是個講情義且不計後果的人，此外生性也十分開朗。我喜歡他，因為他從不在別人面前扮可憐、裝腔作勢。如何不冒犯虛偽的人並不在他的能力範圍內，當時的一位女士在她的回憶錄裡提到過這些。聽到門的那一端，她的鞋跟踏過地板發出的聲音了吧。她打開門，送進一陣風，那沙沙作響的，是她閃耀著波紋般光亮、下襬湧動起伏的長裙，家具刮過地面的聲音，是她已經落座的凳子。交給您了，女士。

博馬舍先生迷人的外形——豁達、風趣，或許還有一點放肆——吸引著我；有人向我譴責他；有人說他是個無賴。我不會否認，那是有可能的，但他擁有天才的頭腦、百折不撓的勇氣、無可阻擋的堅定信念，這些才是了不起的品質。作為一名鐘錶匠的兒子，他憑藉一己功績，躋身於最為顯赫的名流左右；所有曾經試圖嘲笑他的人最終都狼狽不堪；他戰勝了一切障礙，並為自己創造出巨額財富。

——歐伯克爾希男爵夫人（Baronne d 'Oberkirch），《回憶錄》

貴族裡還有更大的無賴，但人們卻不怎麼攻擊他們。讓我們記住博馬舍，他的天才和凡爾賽的紙板小劇院，那個座落在特里亞農裡、隱藏在花園之中的劇院，人們曾在那裡上演他的戲劇，還有瑪麗·安東尼，因為那便是這位皇后的劇院。當大革命的代表們闖進劇院，眼見他們的復仇之夢破滅，不禁大失所望。怎麼回事？它居然是用上了漆的紙板和玻

1　法語的「中世紀」（Moyen Âge）一詞，從字面意思理解又可稱作「平凡（平庸）的年代」。

璃，而不是純金和鑽石建成的？傳說中的生活腐化、傷風敗俗和聚眾淫亂就是這樣？算了，到別處滿足幻想去吧。於是他們揉著帽簷去了鏡廊。和皇后劇院命運相同的還有那些藝術傑作，身居要職的人們沒發現一顆顯眼的鑽石，於是它們被完好地保留了下來。

重要的其實不是理性，而是嚴肅，伏爾泰和博馬舍都是嚴肅的，傑作是嚴肅的，並不因為某件事物是輕快、歡樂、好笑的，它就不嚴肅。文字會翩翩起舞，數字才會咬牙切齒。

我們甚至可以用和傑作全然相反的元素來完成傑作，被生生修剪成錐形的小杉樹，以及法蘭西園林藝術可媲美食人族縮頭術的殘酷特質，都是狹義的理性登峰造極的範例。變本加厲、扭曲誇張，假如被推向非理性，一本類似的書便有可能變得令人驚嘆。我不敢肯定艾爾維·吉貝爾[2]沒有一部作品是傑作，但在某些時刻，當他執著於一些無足輕重的細節，虛榮心受挫而綻放出光彩時，他便會釋放出星星點點的傑作，於是一部作品中所有這些時刻集合起來，就使得這部作品構成了一部小傑作，就像羅納德·費班克[3]的全部作品，或者E·T·A·霍夫曼[4]的短篇小說。我所說的「小」，並非指抱負——這些作者往往擁有偉大的抱負——而是指這種抱負被用在了一個相對平庸、缺乏價值的事物上，例如吉貝爾那些敏感易怒的情緒。科塔薩爾的某些短篇小說就是這樣，長篇大論地描寫無意義的瑣事，比如《塞車奇事》[5]。凡爾賽花園裡的瘋狂反而比安東拿．亞陶作品裡更多，富於建設性、令人浮想聯翩的瘋狂、具有破壞性的非瘋狂，都集於作者一身。

我們也正是因為這點才熱愛他／她，所有傑作都是對抗沉悶的戰鬥檄文，如同一輪太陽從一群面目模糊的軍人身後升起、一片嘈雜而可怕的交頭接耳聲裡忽然響起的一陣清脆的笑、一位行軍隊伍裡的士兵踮起腳轉了一圈、一個少年對著莊嚴的演講會場做了個滑稽的手勢，接踵而來的是吐舌頭、跳兩步舞、輕柔的愛撫。亂作一團的會場、法朗多舞、銅管樂隊的軍樂、波爾卡，打破預先設定陣列的傑作，讓我們擁抱你吧！

---

2 艾爾維．吉貝爾（Hervé Guibert, 1955-1991），法國作家、攝影師。
3 羅納德．費班克（Ronald Firbank, 1886-1926），英國作家，其作品深受王爾德的影響。
4 E．T．A．霍夫曼（E. T. A. Hoffmann, 1776-1822），德國浪漫主義運動的重要作家之一，作曲家、音樂評論家。
5 根據科塔薩爾的短篇小說〈南方高速公路〉改編而成的電影。

傑作與理智的人

一七七五年，尼古拉．吉爾貝[1]因自己不能更出名而大動肝火。保羅─尚．圖萊[2]在其傑作《反韻詩集》（一九二一）的最後一首中提到的就是他：「要懂得死去，福斯蒂娜，從此不再言語：／像吉爾貝那般吞下鑰匙死去。」吉爾貝被人認為從馬背上摔下後精神失常，隨後吞下一把鑰匙而窒息身亡。事實上，他是因做了顱骨穿透手術而死的。吉爾貝遭受過攻擊，但他也攻擊過別人。他太過實在，以致於終日滿腔憤恨。這個農民的兒子出於理想主義，而投身貴族階級的革命事業；在他的長篇諷刺詩《十八世紀》（*Le Dix-huitième Siècle*，一七七五）獲得成功後，他得到了宮廷保守黨的資助。像所有拋棄一切的人一樣，他最終也被拋棄了，而且不明就裡。反對派都是笨蛋，竟然妄想用幾句狄德羅的詭辯激怒盧梭，從而與他結成同盟！盧梭雖然也是反對派，但心屬左翼，而且他只想讓吉爾貝一人來承受惡果，所以沒給予回應。於是吉爾貝抱怨、再抱怨、出奇地抱怨：這些壞蛋、冷血、敵人、劊子手！他寫出了極富煽動性的詩〈不幸的詩人〉（Le Poète Malheureux，一七七二），令人想起克洛德．弗朗索瓦[3]的歌〈不幸的歌手〉（Le Chanteur Malheureux，一九七五）。如此多的抱怨妨礙了他的成功。你不是抱怨嗎？那就讓你有怨可抱！其實他寫過很好的詩，比如〈仿聖詩頌歌〉（Ode imitée de Plusieurs Psaumes，一七八〇），詩歌選集都會選用這四行詩：「在生命的筵席上，我是不幸的賓客，／我現身一日，又將離世，／我將離世，而在我緩步到來的墓前，／無人前來哭泣。」彷彿人們單單讓這首詩出名，就是想在他死後讓那個嘰嘰歪歪的他徹底噤氣（就是那個「在生命的筵席上，我是不幸的賓客」的作者）。當吉爾貝遠離他的敏感多慮，就會有不錯的感覺。「看似不幸者，在你我眼中皆為罪人」就是好詩，在《十八世紀》裡，「我反對他們以其文字為護佑的榮耀」有著古羅馬諷刺詩人莊嚴的嘲諷意味。吉爾貝的悲劇不在於他缺少一個時代的最高價值，而在於缺少瘋狂。盧梭雖然也不具備該價值卻贏得了勝利。理智的人是寫不出傑作的。

1 尼古拉．吉爾貝（Nicolas Gilbert, 1750-1780），法國詩人。

2 保羅—尚．圖萊（Paul-Jean Toulet, 1867-1920），法國作家、詩人，因其反韻詩著稱。

3 克洛德．弗朗索瓦（Claude François, 1939-1978），法國流行歌手、音樂製作人。

旁邊的傑作

偉大的傑作存在於世間，如同一座座燈塔，長久矗立、潔白、熠熠生輝。它們只照亮自己，它們這麼美、這麼美，以致於遮蔽了大海。讀者就像一位時而缺乏想像力的水手，他欣賞著傑作，猶豫是否離開這條有路標指引的道路，因為他不知道該去哪兒。他或許可以去探索傑作作者的其他著作，這位作者往往還寫有其他傑作，比如巴爾札克，幾乎整套《人間喜劇》都是。不，它就是傑作。沒什麼比斤斤計較地在字眼裡挑毛病更可笑的了，而且那總是徒勞的，還是錯誤的，一個細節的錯誤並不會令整體失色。一部作品，尤其是一部傑作，並不是諸多細節簡單相加而成的。正是在這個系列之外，巴爾札克才變得不那麼優秀，因為他不再被瘋子般的瘋狂所控制，還有讓一部作品的人物再度出現在另一部作品裡的荒唐卻極其天才的念頭。《盧貢－馬卡爾家族》之外的左拉也以同樣的方式衰退了。《追憶》之外的普魯斯特……的確，《追憶》之外的普魯斯特也沒什麼東西了，雖然這樣說也不完全是真的，其實還有書信集。一開始人們覺得它們浮華表淺，不過是外表迷人和取巧，算不得真的掏心掏肺，也算不得真的自我放任。我咳嗽了？我生病了？這算不上吐露心聲，算不上冒險。這種一邊哼哼、一邊蹭人腿肚的方式對普魯斯特而言，就是與人保持距離的一種方法。討好人的傢伙其實什麼都沒放出來，他是如此吝嗇，以致於我們只要稍稍細想，對於這些書信的好感就會急轉直下。他很會討好人？他簡直就是個馬屁精！而且還特別會訴苦！又是一個用他的唉聲嘆氣把我們壓垮，然後神氣活現、拔腿就走的傢伙，只剩下我們獨自承受他的情緒垃圾。沒人能比一個牢騷鬼更強悍了。而且……而且……不管什麼都能讓這個其實極其堅強的人受傷，彷彿他必須以極端的敏感作為其洞察力的代價。

其他人遭遇過這種不幸。安徒生寫過《豌豆公主》，其實世上還有豌豆王子。這就是為什麼，我們罵他們時，有時候噴出來的不是眼淚，而是一支支利箭。他們的內心沒有一副鋼鐵的鎧甲，令他們經歷過淚水洗禮之後、像從前一樣不留痕跡地繼續上路。至於討好奉承，你真是沒少做過，人們看著他寫給所有人（的確……所有人）的信，在心裡對普魯斯特這樣說。他太懂得運用誇張的手法，他有意讓我們明白，他知道他的種種讚美是過分的，但他繼續玩，既讓接受讚美的人開心，也讓我們開心，我這麼想。他在討好，而且意識到自己在討好，他將討好放大以使其弱化，在寫書信的同時，也完成了對它的批評。

唉！多麼狡猾、機靈、可愛。這是個喬登斯[1]的孩子，普魯斯特，法蘭德斯畫家喬登斯。粗俗、戲謔，但到最後又充滿深情。沒錯，充滿深情。無論書信的對象是誰，他的書寫總會轉向自我放任。當他寫給童年時的朋友，信中有太多滑稽的模仿。討厭的嘲諷，人們會這麼想。但恰恰在這個時刻，他的狀態來了，普魯斯特開始冒險，放任自我，人們先前以為是喜劇的東西，原來是一個在內心珍藏著曾經是自己的那個小男孩的男人，為了徹底放開自己而跳出的小心翼翼的舞蹈。他就是這樣，普魯斯特，他無法制止自己擁有天才。他的書信或許就是不具備《追憶》之華彩的一部傑作。這便是主要傑作令人低估旁側傑作的一樁案例。

1　雅各布・喬登斯（Jacob Jordaens, 1593-1678），與魯本斯、范戴克齊名的法蘭德斯三大巴洛克畫家之一。

傑作是一種令人開心的破壞嗎？

一部傑作有可能夾雜著凶惡的企圖。在〈罪惡的幸福夢想〉（收錄於一九八四年的文集《外面的世界》）裡，瑪格麗特．莒哈絲回顧了她在戰爭期間所做的一個摧毀德國的夢：「我在懲罰，為殺害猶太人而懲罰德國人和德國的土地。這個夢非常暴力、可怕但又令人興奮。我至今還把它看作是一個創造性的夢。」創造性，就如同我們想表達「對創造物予以保護」這個含義。的確，她接著寫道：「我創造了納粹樂園的毀滅……」從這個意義上說，我們或許可以接受昆汀．塔倫提諾在《惡棍特工》裡的最後一句台詞——順便一提，這電影無論如何都是愚蠢的。電影裡猶太人復仇者在打死一個納粹之後說道：「這是我的傑作。」我們或許可以說，當一部傑作令人暫時忘記了，也即暫時消除了這個世界難纏而又無所不在的粗俗的時候，它便是一種令人開心的破壞。

烏爾斯．費舍爾[1]曾將他自己和一位朋友製作成雙人蠟像，兩人相對而坐（二〇一二，皮諾爾基金會）。蠟像內部放置了微小的火源，他和朋友的身軀緩慢地熔化。就這樣，「相似」與「永久」的概念被摧毀了，人類生命的耗盡以如此的方式得以展現；但是在這個緩慢的毀滅過程裡，一種新的創造物出現了，就在一支火苗在越來越薄的蠟質肌膚下跳動的時候，一個蠟像的頭滑到了兩臂之間，另一個蠟像的頭在椅子背後塌了下去，蠟燭的燭芯交纏在了一起。一次毀滅有可能讓位給一次創造的發生。[1]

創作過程中會產生對立，這是存在的（哪個藝術家不會被世界的粗俗傷害到？），但是對立會隨著創作的進程逐漸被拋棄。進行創作時，我們會將復仇放在一邊。對於粗俗最好的反擊，不是一篇反對粗俗的文章，而是玫瑰花上的一部傑作。

海克力士沒時間浪費在打蒼蠅這種事上。傑作只為自己而生，它不在乎前有什麼古人、後有什麼來者。它彷彿沒有實際功用的建築珍品，變得像當代的萬神殿一般不可或缺，潔白、空曠、裸露，如同一具骷髏，然而在古代，它作為廟宇的功用是完全充實而豐富的，但這種功用卻會惹惱傑作的愛好者。舉例來說，喜歡尤里比底斯《酒神的伴侶》的人，面對這華而不實的建築、面對這種貪婪，這些朝聖者，多半會聳聳肩表示不屑。傑作是對功用性之單調乏味的一種打破。

1 烏爾斯·費舍爾（Urs Fischer, 1973-），生於瑞士的新達達主義藝術家。

沒文化的傑作，給沒文化的人

《惡棍特工》表明，創作一部沒文化的傑作或許就是不可能的。它可能試圖成為一部傑作，假如成功了的話，其傑出之處（效仿拉伯雷）就在於把小朋友們的把戲改頭換面（塔倫提諾把每一個場景都拉伸到人能承受的極限），但這種嘗試被它在歷史感和反思精神上的缺乏毀於一旦。塔倫提諾的本意顯然是想反駁這樣一種陳腐的既定觀念：「猶太人都像綿羊一樣任人宰割。」但是反駁一種愚蠢的觀念並非智慧之舉。他的問題是沒有文化，他只想自娛自樂，僅此而已，因為他毫無歷史感，也不具備任何反思的能力，他無法想像電影拍攝中的某些決定可能產生什麼後果。他讓猶太人去做納粹對他們所做的事，並且認為這是漂亮的「以牙還牙」，但實際上這不過是一種無恥行徑：他們在納粹的額頭刻下納粹的標誌，就像納粹曾經在他們的前臂紋上這個標誌。我們不能讓抗擊罪惡力量的人們使用罪惡的手段，倒不完全因為這麼做不應該（其實這已經是一項十分正當的理由），只不過因為人們確實沒這麼做過。因為希特勒在影片結束時一命嗚呼，所以我們就該明白片子裡其餘的內容也沒發生過嗎？倒也有理，但我們早在片子結束之前就心知肚明這是一部喜劇，故事是憑空杜撰的，然而遭到嘲弄的並不是事物的真實性，而是事物的象徵意義。

沒文化的讀者會為自己製造傑作。他們往往年過四、五十，學習過可怕的商業課程，在一家企業裡當了二十年的奴隸或者奴役別人，在某個十來天的假期裡被一本著名的、叫囂的、出言不遜的書沖昏了頭，然後回到巴黎，在主管會議上他們說道：「在《長夜行》（一九三二）裡，塞利納……你們知道塞利納[1]嗎？」顯然他們沒把書看完，翻了三十來頁就像被街邊的小混混打了一頓。這也就罷了，但他們從中看到了可資利用的暴力，恰似喜歡狂吠的雄性動物的暴力，懦弱的牠們常常肚皮朝天地躺著，在強權面前興奮地抖動身體。

這部小說的榮耀（完全是法國給予的）是一個政治陷入病態的國家在文學上的欺詐。法國輸掉了戰爭還不夠，她一面讚賞著塞利納，自詡勇氣十足，一面又飽嘗怨恨，反覆回

1　路易─費迪南．塞利納（Louis-Ferdinand Céline, 1894-1961），法國作家，因其語言的現代風格著稱於世，同時也因其反猶主義及種族主義的言論，導致至今仍頗具爭議。《長夜行》是他的首部小說。

味一九四〇年的失敗。她把這部傑作奉為珍寶，而它又把她封閉在一種怨毒的井底之蛙式的心態中。喜歡記仇的右派霸占著一個被知識分子階層（其實右派通常痛恨這群人）認可的混蛋，他能讓他們在某種程度上合法地閱讀反猶主義作品，同時又不必談論對那個他們聲稱熱愛的國度的深仇大恨。左派們生怕自己落下個假自由主義的名聲，強忍著一個自稱語言前衛的作家大肆宣揚反猶主義，但他那一套語言其實全部是從朱爾斯·拉福格那裡學來的。這一切並不是從第二次世界大戰開始的，二戰後不久，塞利納就厭倦了用他無休止的愚蠢言行來騷擾社會大眾，而這一度甚至是他自我推銷的方式。現如今人們以為是戰爭令他發作的，但其實他的種族主義從《緩期死亡》（*Mort à crédit*，一九三六）開始就已經令人震驚。他之所以被挽救，是因為他還寫過更糟糕的書，一種更加可怕的事物容易把在它之前的那些可怕程度相對較低的東西遮蓋掉。混蛋們總是能得到所有好處。於是我可憐的祖國，一邊崇拜著塞利納，一邊看著這面令人難堪的鏡子，自言自語：「瞧我有多獨一無二！」而整個世界卻在看其他書。

有時候根據一本書的仰慕者來評判這本書未必不公允。它也只配這群人。

令人討厭的傑作

有些令人尊崇的傑作不過就是這樣。我極其不情願把《惡之華》列入最偉大的傑作。的確，它有一些了不起的詩，但它們的意識多麼狹隘，表達的痛苦多麼膚淺，骨子裡又是多麼鍾愛羞辱。波特萊爾彷彿被大理石女神碾碎在腳下，但他卻從未如此滿足、如此洋洋得意。我更喜歡艾倫·金斯堡在〈求求你主人〉裡貪婪的坦白：

Please master can I touch your cheek
Please master can I kneel at your feet
Please master can I loosen your blue pants
Please master can I gaze at your golden haired belly
Please master can I gently take down your shorts

Please master can I have your thighs bare to my eyes
Please master can I take off your clothes below your chair
Please master can I kiss your ankles and soul
Please master can I touch lips to your muscle hairless thigh
Please master can I lay my ear pressed to your stomach

求求你主人我能否觸摸你的臉頰
求求你主人我能否跪在你腳下
求求你主人我能否解開你藍色的褲子
求求你主人我能否凝視你生著金色毛髮的肚子
求求你主人我能否輕輕褪下你的短褲
求求你主人我能否將你的大腿裸露在我的眼前
求求你主人我能否把你的衣服脫到你的座椅下面
求求你主人我能否親吻你的腳踝和靈魂

求求你主人我能否用雙唇觸碰你肌肉發達光潔無毛的大腿
求求你主人我能否把耳朵貼在你的腹前

——《美國的衰落》(*The Fall of America*，一九七三)

十四、五歲時，在一家書店裡，我第一次遭遇到它，我像著了迷一樣讀著它。我沒膽量買這本書，我以為如果我買了，所有人都會知道為什麼，但其實沒人會知道。於是書店的人看見我不斷回到店裡，像被磁力吸引著，撒著謊，裝出對有關金斯堡的書感興趣的樣子，然後拿出這一本裝模作樣地翻看，並且每次都以相同的痴迷來讀這首詩，我至今痴迷依舊。多年以後，在另一家書店裡，我看到一位金髮少年以同樣的策略盡情享受這段詩歌。我的小兄弟！(我認為在宇宙的歷史上只有十二種感覺，它們在每一個世代都會再生一次。) 我倒不是想把不屬於自己的感受據為己有，只是要告訴各位，某種早就降世卻久久隱藏在眾人視線之外的感覺是如何被發現的。

訴說苦難的作者們有更多機會取悅讀者，比如波特萊爾、蕭沆[1]，做出失敗者姿態的厭世者們最後不成功都難。男人們活著有諸多不易，以致於會自認失敗，他們會向投奔這些焦慮的聖賢們尋找相似感。我現在還記得，少年的時候，我曾經把一首波特萊爾的詩抄在一張海報的背面，因為它把我帶上了天堂。它在我看來如此珍貴、如此親切，完全就是為這世上的兩個人寫的，於是我用膠帶把它貼在了臥室壁櫥門的反面。只要我打開壁櫥，它就在那裡迎接我，有時候我只為看到它而打開壁櫥。在這個壁櫥的內壁，我寫下了自己喜歡的作家的姓名開頭字母，而且還貼了一張柏拉圖的胸像，是我從一本平裝書的封面上剪下來的，因為我開始讀他的對話錄，它們對我而言簡直是社會生活的理想。欲望與焦慮之神，想當初我在這壁櫥裡多麼開心。它幫了我，那是我內心的鎧甲，所有壁櫥都是溫暖甜蜜的，所以人們才難以從中抽身離去。我說的那首詩，便是〈前世〉：

我曾久居於宏偉的柱廊下
海上的太陽以千萬道火光染紅了它，
高大的立柱，筆直而雄壯，
每當夜晚，便將它化為玄武岩石窟一般。

起伏的海浪，一面翻捲著天空的畫面，
一面莊嚴而神祕地將
它們那豐富樂聲的萬能和弦
融進我雙眸映出的夕陽之斑斕色彩。

在那裡，我曾生活於安寧的享樂中，
在蔚藍，在波浪，在光亮之中
還有那赤身裸體的奴僕，周身浸潤著香氣。

以棕櫚葉輕拂我的額頭，
她們唯一的心思便是加深

1 蕭沆（Emil Cioran, 1911-1995），羅馬尼亞哲學家、作家，自一九四九年起旅居法國，是二十世紀懷疑論、虛無主義的重要思想家。

令我備受煎熬的痛楚的祕密。

詩中一個詩句引出另一個詩句，「神祕」一詞——波特萊爾用它來形容一切令他印象深刻的事物，就像一個孩子說「酷」——的目的在於將嚴苛死板的人們的注意力從赤身裸體的奴僕身上移開。倘若不這樣做，波特萊爾也許會承認他的本來面目，內心會鬆綁，他或許會收穫智慧，而不是令他受傷的那些。當他放棄自我憐憫（「信天翁，就是我」，或許他就可以這樣形容這種雙翅巨大得妨礙行走的動物，不是嗎？[2]），便能夠抵達一種真正的憐憫。於是有了〈兩個好姊妹〉，其中的問題如同冰鎬，隨詩鑿級上升，直至最後一個詩句，串串齒音就像一把衝鋒槍敲擊著詩句，頓挫於詩中的擦輔音彷彿登抵輕蔑的尖峰（「散發惡臭的」）：

享樂與死亡是兩個可愛的女子，
不吝惜熱吻且又身康體健，
終日若處子般的腹肋披掛著襤褸衣衫

因歷經辛勞而從未養育。

凶險可憎的詩人，這家庭的仇敵，
地獄的寵兒，心懷怨恨的廷臣，
墳塚與青樓在它們的綠籬下為他呈現出
一張從未被悔恨光顧的暖床。

滿載褻瀆神明之咒罵的酒漿與金屋
如同兩位好姊妹，接連為我們奉上，
駭人的歡樂與恐怖的甜蜜。

2 《惡之華》中有一首名為〈信天翁〉的詩，其中將詩人比作在高空自由翺翔，但落地後即變得笨拙、受盡捉弄取笑的信天翁。

你想何時將我葬送，雙臂汙穢的享樂？

哦死亡，與她魅力相當的對手，你何時到來，

在她散發惡臭的愛神木上嫁接你黑色的枝柏？

顯然波特萊爾在寫這首詩之前，沒有一邊捲袖子一邊自言自語道：啊哈，我要給自己做一道漂亮的擦輔音大菜。所謂的詩律，是菜餚完成後才會正式誕生的菜譜。

令人享受的傑作

像雨果這樣的作家，之所以帶給我們如此多的愉悅，就是因為他在寫作時施展出的魅力。當我們實踐過一點點寫作，我們就會明白他在其中確實花了些時間，而且他不僅僅是為自己而寫。於是，在《隨見錄》[1]裡，就出現了路易—菲利普一世的兒子將拿破崙的遺體從聖赫勒拿島運回法國的一幕。如此的篇幅、如此的品質，大概要花費他兩到三天的時間；通常人們不會在一本注定不能立即出版的書中投入這麼多心思，也不會為一份報告這樣做，至多是為了自己。但他之所以這樣做，是為了文學。文學遲早會露面，只要它遇到了讀者。世事從來無法預料，就當自己會不朽地寫下去吧。即便這一切沒有發生，死亡也不會令我們難堪。雨果所做的一切都著眼於文學，為了文學。況且，他也不知道還能怎樣。

1 《隨見錄》（*Choses vues*），為雨果的筆記與回憶文章的結集，於作者死後的一八八七年首次出版，其中記述了作者有生之年遭遇的大事件。

我現在才意識到，當我說作家們寫出無動機的片段純粹是為了自己的樂趣，從而給我們帶來樂趣，我想錯了。其實他們寫作就是為了這種無動機，為了這種無功用，而且他們帶著無與倫比的享受在做這件事。沒有動機與享受相結合便製造出一種優雅，彷彿提也波洛[2]筆下的一位天使在天宮吹奏號角。

《隨見錄》之所以是傑作有諸多原因，其中首要的、也是令人驚異的在於，雨果給這日復一日的、可能成為「無形」之最的紀錄賦予了一種形式。這一點尤其表現在：此書本該是一部日記，但他卻把它置於過去的時態之中。把此時投射至過去，給原本不過是短暫的一瞬賦予了某種恆定感，於是日常被固定為神話。假如一切傑作都是對它所處領域內常規形式的一種批判，那麼透過以上方式，它便改善了這種形式。它彷彿一位偉大的獨行者，比一百篇學術論著對於藝術創作的演進所做的貢獻還要大。從遠處看，傑作顯得如此宏偉，甚至亙古不變，然而一旦靠近它，我們就立即被抬升至湛藍的天空，母牛漫步於雲間，鐘樓聳立於火山口，一切都歸入最佳位置。所有傑作都有著《歡樂滿人間》[3]之感了。

2 喬凡尼·巴提斯塔·提也波洛（Giovanni Battista Tiepolo, 1696-1770），義大利畫家，以洛可可風格的天頂畫著稱。

3 《歡樂滿人間》（*Mary Poppins*），迪士尼公司於一九六四年上映的真人動畫作品。

真與假的幻象

真與假對傑作來說並不重要。虛假與真實一樣，如同辯論者身著的綬帶，助長著傑作的聲名。怎麼說呢？無論真或假，在純粹的美學之中都是不存在的。奧瑪．開儼[1]寫下一首情詩時想到的是宇宙真理嗎？傑作並不想探究真理是否存在，而是希望人們不要因為文學並沒打算傳達的某種東西來評判它。我也不喜歡在我談論正經事的時候，人們試圖以衛道人士的姿態來嚇唬我。那些挺起胸脯炫耀他們為自己頒發的各種動章的人，他們在掩飾什麼卑鄙行徑呢？

傑作不在乎你的罪行或你的恐嚇，它們夠堅強，經得起愚蠢與侮辱，仰慕與尊敬。傑作想要的，便是我們與它一起共舞。它是如此體貼，帶領著剛剛會走路的我們一起舞動，

1 奧瑪．開儼（Omar Khayyám, 1048-1122），波斯詩人、天文學家、數學家，留下詩集《魯拜集》。

笨拙的我們看過它的篇章，便自視為它的書頁。身穿緞面褲頭的漂亮書頁隨著蘆笛吹奏的旋律，在布滿星光的天空中旋轉舞蹈，沉浸在它節奏中的我們，將自己交給了它，我們信任它。沒錯，就是這樣，我們總是信任藝術創作的成果，只有在我們向它們敞開心扉的時候，我們才會變得富於創造力；假如它們令我們失望，我們便會收回信任，變成不耐煩的裁判員；但對於傑作，我們保持著信任，直到最後，終生如此。我們總是回到它身邊，對它堅信不疑，而它則始終善解人意地令我們心蕩神馳。

誰決定傑作的命運？

文學有三個裁判：評論界、學術界、讀者。由於只能閱讀海量新書而從未翻開一本傑作，評論界有時會喪失一切判斷力。她有可能對一部作品過譽，儘管她只會為那些討人喜歡卻還不那麼穩定的書這樣做，她想：可憐的傢伙，得支持它一下，否則它永遠也無法躋身一流作品，它既沒有後者的光彩，又沒有它們含蓄的傲慢。對於具有極高品質的書，除非它們的作者已經老到讓她厭倦，她幾乎總是有所保留，或者出語惡毒。學術界往往太愛下結論，卻又不喜歡老老實實地看書。過譽在她那裡絕無可能，對當代文學尤其如此，最常見的是不屑一顧，就因為作家們深受讀者愛戴，所以他們往往拿不到一紙肯定？比起學術界和評論界，讀者最不容易受到偏見的影響，但他們往往只有一個評價標準：如果他們喜歡，那就是好的。我還想說什麼來著？哦，瞧我多健忘！我真是個傻子！實在該打！總共應該是四個裁判：評論界、學術界、讀者和作家。誰的信譽度最高呢？傑作的聲譽又是透過誰建立起來的呢？

米開朗基羅問他，他的職業是什麼，因米氏深知，對於任何一件事，沒什麼人比那些已多次實踐該事的人更具發言權。

——喬爾喬・瓦薩里，《藝術家的人生・米開朗基羅》

傑作的地位來自富於感受力的人們所達成的默契，他們博覽群書而且樂於發現高級的事物。這本書燃起了我們的熱情、安撫我們的心靈，或許有那麼一點粗暴，但無論如何令我們成長；有了它，我們的人生變得更加熾烈。這件高級的東西推崇平均主義，因為它將我們提升至它的高度。

於是我們就可以說這是一部傑作，而且很久以後依然是。它是一座幾十年、幾百年，乃至永遠都可以開採的礦山，似乎在召喚荷馬。人們可以說它的好、它的壞，重要的是人們可以一直談論它。傑作能夠經得住學術派的評論、書呆子的評論、錯誤的評論，更妙的是：它經受得起天才的評論。

有些恭維可能會讓摯愛傑作的人退卻。比如把普魯斯特奉為結構主義者吧。在這個學派的輝煌年代，普魯斯特被推進它的修剪機、磨光機、分解機，這邊來點鹹肉，那邊來點歷時性分析[1]，就這樣馬塞爾被塞進了明亮的小格子裡。但他從中再次走出時，毫髮無傷。一部傑作就是一束光，它將吸收靠近它的一切，無論好與壞，一切都將使這個星球受益。

傑作是這樣一件東西，說到底，它與人們對它所做的評論毫無關係。它接近世界的絕對本質，並且長久佇立在那裡。它就像理想在地球上的一種實現。

1 歷時性，語言學概念，用以分析語言隨時間推進而發生的演變。

向孩子們教授傑作

想找傑作，請前往蘇利庭院[1]。羅浮宮博物館網站上是這樣建議的：「傑作之路。（可以看到）米洛的維納斯、薩莫色雷斯的勝利女神、蒙娜麗莎。」只需跟隨線路指示即可。多麼省事！在法國，《拉加德與米夏爾》[2]在很長一段時間內就是文學博物館的代名詞，厚厚六大卷，加了評註的文學作品選摘，按時間和流派歸類。所謂流派，似乎其中必然有文學。

少年時的我對於這套教材裡講授的種種關聯深感驚訝和費解。多平庸無聊，我想。它提到那些書時說的話，跟我閱讀它們的體驗完全不符。我很不安地提醒自己：你不可以按照「應該怎樣」去理解。《拉加德與米夏爾》偏偏就是「應該怎樣」。它跟才華無關，重要的是名氣；跟思想無關，重要的是觀念；也跟感受無關，重要的是功用性。一切文學都應該可以轉化成論文，也就是說被解釋。具備了這些條件，也只有具備了這些條件，才會有傑作。至於這一切產生的後果就像葡萄採收機進了索泰爾納葡萄園[3]，書裡這套自視為規範的觀念根本無所謂，因為對它來說，傑作一覽無遺，並無層次可言。

《拉加德與米夏爾》發行了幾十萬冊。當你要面對這麼多讀者，而且你心知肚明，你只會變得平庸、粗俗、大眾化，更別想對形式發表任何評論。主題，主題，除了主題還是主題，即便破天荒地談到形式，也是道德說教。總該談談內心吧？呸！呸！多愁善感，令人作嘔，沒用的東西！托這套書的福，我才明白社會宣揚的思維方式是什麼。由於我想通過考試，我花了十年的時間來學習，但什麼也沒記住，我的教育就是一種遺忘的教育。我必須保護好我的貝殼——「魏爾倫」簾蛤、「繆塞」海星等等，用它們來搭建我小小的濱海宮殿。同理，在很長一段時間內，我禁止許多人物進入我的心中，因為羅貝爾・德聖—

1 羅浮宮的展覽區之一。

2 《拉加德與米夏爾》（*Lagarde et Michard*），由兩位法國中學教師編纂的法國文學教材，於一九四八年首次出版，書名為兩位作者的姓氏。

3 法國波爾多部分地區出產名為「索泰爾納」的甜白葡萄酒，該酒製作工藝特殊，須採摘極度成熟且長有貴腐菌的葡萄，因而無法使用葡萄採收機。

盧、吉娜姑媽和阿爾吉儂・蒙克利夫[4]在這裡占據了重要位置。我這樣做是不對的，這是惡意的不信任，但我又能怎樣呢？我被一個沒有童年的童年給毀了，唯有書籍保存下它的一角！至少這樣做能使我遠離所謂的標準、遠離平庸、遠離未經個人驗證的傑作。

我聽到有人對《拉加德與米夏爾》再版表達遺憾，但家長們依然迫不及待地讓孩子們看這套書。哈，大人們，你們忘了自己還是孩子的時候了吧？命令就該遵守，不管那命令是什麼。各位說說，在其他國家，人們是否也曾利用作家來馴服民眾？有人告訴我，莎士比亞在英國也變成了「莎士比亞領導學」。想像一下那些六十歲的靦腆會計要看這種書來證明他們的領導缺乏科學的管理手段。Yes, Sir. Right now, Sir.

這就是那些脾氣暴躁的傢伙的巨大謊言，他們永遠最能高談闊論，並且從上世紀九〇年代起便到處占據上風，他們一邊這樣做，一邊叫嚷著他們曾經是少數派，而且備受迫害。（毫不光彩的手段，但誰說這手段就該是光彩的了？）他們宣稱文學的教育結束了，人們不再向孩子傳授任何文學，於是他們將自己的孩子推向商業課程。不過法國發明了一個在這些人珍貴的過去不存在的東西，那就是高中三年級的文學課程，高中生們要和從前一樣把古典悲劇的幕次牢記在心。一切都不過是以往的繼續，這些保守派。我問一個高等師範學院的學生對此事怎麼看，他二十歲。

我覺得，出於對傑作這個概念的不信任，老師們更喜歡把「寫作工作」的技藝層面放在首位。自從人們不願意再相信偉人或者天才，就不再信任傑作這個充滿熱情的概念，人們更喜歡「經典」這個涵義更中性的詞。實際上，傑作這個概念從來都不是，或者在私下裡說，根本不是教它的人給的。一旦它被議論，就總是帶著一種不信任的距離感。

哈，他們真是假正經，真是裝模作樣啊——這是我克羅什特姨媽的口頭禪。我一直記得她像個問號一樣，坐在那把髒兮兮的單人沙發裡，比她剛剛用來擦拭那把步槍槍管的長柄圓刷還要瘦，那把槍是曾曾祖父在馬爾普拉凱之戰[5]裡用過的（我們家族參與的戰爭都

4　以上三位人物分別來自普魯斯特《追憶逝水年華》、斯湯達爾《巴馬修道院》、王爾德《不可兒戲》。

5　一七〇一年至一七一四年，歐洲爆發西班牙王位繼承戰爭，一七〇九年七月十一日的馬爾普拉凱之戰是其中的重要戰役，法軍戰敗。

以失敗告終）。當我的曾曾祖父在色當[6]變成普魯士人的俘虜的時候，他能給軍官們閱讀傑作嗎？比如這本，沒錯，艾爾弗雷德·德·維尼的《軍人的榮辱》[7]。在這本小說裡，維尼創造了一隻在萬塞訥[8]大爆炸中被救起的白母雞的形象，感情充沛的軍人們立刻對此深信不疑，就像全法蘭西的人都相信教皇庇護七世曾對拿破崙說：「（你真是）喜劇演員！悲劇演員！」但其實這是維尼在這部小說裡虛構的另一個情節。至於我的另一位祖先……喂，夏爾，放過這些故事吧，要不然你又得講你服兵役的事了，又是被人鄙視的經歷，就因為你差不多隨時都拿著一本書，還有……其他一些貌似令人難堪的事……但讀書已經夠讓我不被看見了……哦，兵役，絕妙的千萬人的共同磨練……這是個「不能隨心所欲閱讀」的苦差事。所謂被奴役，就是被剝奪做一件事的權利。伊塔洛·斯韋沃[9]在他眾多傑作之中的一部裡，所寫的大概就是這個意思對嗎？既然如此，那我如果忘了說這本書的名字是《季諾的意識》也就不必懊悔了。

老師們教的不是文學，而是觀念。在整個中學時代，我從未聽到有人說：「這是個漂亮的句子。」有多少學文學的學生告訴過我，老師們談論文學的那種乾巴巴的方式令他們疏遠了文學！人們把文學變成了道德、社會學、數據、意識形態，還有其他我也不知道是什麼的、適合發表長篇大論的東西，而這些長篇大論也往往令人掃興。受到處罰的審美，在黑板下清掃著結構主義的刑柱、數字分析論的算珠、接受理論的碎屑、解構主義的鍛錘，它們全部由作品的血液黏和而成。我首先記起的，是被轉為公式寫到黑板上的一首〈海邊墓園〉[10]，那是根據某個名叫肖斯里—拉普雷的人的理論做成的，自命不凡的人有時會畢恭畢敬地使用雙名來引起我們的注意。如今我能笑對過去，但那時我憂心忡忡。人們想像不到，當他們強迫孩子們接受那些教條，讓孩子認為自己的感受是一種病態的時候，對孩子、更對作品犯下了怎樣的錯誤。教條對教條，許多孩子就這樣投入了哲學冰冷的懷抱，倘若我不在那永遠的憂傷邊緣攔住他們，他們將從此對文學迷失方向。繼續到我這裡來

6 法國東北部亞爾丁省的一個市鎮。

7 艾爾弗雷德·德·維尼（Alfred de Vigny, 1797-1863），法國浪漫派詩人、小說家、戲劇家。《軍人的榮辱》是他出版於一八三五年的短篇小說集。

8 一個位於法國巴黎東部近郊的小鎮。

9 伊塔洛·斯韋沃（Italo Svevo, 1861-1928），義大利小說家。大器晚成，六十歲後才寫出成名之作《季諾的意識》（*La Coscienza di Zeno*），被譽為二十世紀最出色的小說家之一。

10 法國詩人、作家保羅·瓦勒里知名度較高的一首詩。

吧，孩子們，我要把你們帶出這些險惡的路途。

我們就是這樣不渴望自由，於是樹立了所謂的聖典，它們被用於向獨立的思想開火。終有一天聖典會被審美冷卻，但在後者前來收拾殘局之前，它們已經對我們實施了狂轟濫炸。好吧，每隔三到四代人，人們就會換一次彈藥，以便使一種新的觀念屹立不倒。文學曾服務於偉大嗎？她曾服務於進步。她不再為此服務了？她現在服務於描寫中產階級。創作永遠不應得到解放。拖著沉重的雙腳和他的憂鬱，夢想著寫出一部驚天動地的傑作的小男孩，在他那面色灰白、頭髮油膩、鼻尖傲慢、目光嚴厲的姊姊「倫理」的指引下，走進了一家「哲學」咖啡廳。傑作在人們的想像中彷彿不苟言笑的銀行，但內裡卻像家庭狂歡，小廚師們在跳舞，小女僕們嗤嗤發笑，音樂強勁，管家嘟囔著抱怨。他出了本書告訴眾人傑作是智慧的課程。聖典，聖典！一篇篇書頁笑著叫道。它們從頂樓取出一部聖典，那是糖做的，它們向管家射出一發麵粉子彈，他一邊逃跑一邊抗議著讓眾人都滾。孩子們稍稍安靜了一會兒，等著這衛道人士的努力落空，然後重新提高了音樂的音量。

向成年人灌輸傑作

好像每個地方都有這麼一位喜歡講文學的老師。他有很多聽眾，也很暢銷。但他還是牢騷滿腹，他鄙視年輕一輩，痛恨新事物，害怕衝動，斷定理想無法實現。他厭惡當代文學，因為它不能像古代傑作那樣給予人教誨。哈，他也許很聰明，但如果一個人把文學降格到一種如此平庸的解釋，他又能聰明到哪兒去呢？他是老師，但充其量停留在學生的水平。他用功，懂得引述他人的話，行駛在老鐵軌上，不過那鐵軌可沒生鏽，一點都不，它們被使用的頻率極高，因此始終像新的一樣閃閃發光。實際上，他根本不懂文學。在英國，他的名字或許叫喬治・史坦納[1]，在美國，是艾倫・布魯姆[2]，在法國，

1 喬治・史坦納（George Steiner, 1929-2020），文學評論家，生於法國，後入美國籍，曾於英國、瑞士任教。

2 艾倫・布魯姆（Allan Bloom, 1930-1992），美國哲學家，曾師從德裔美國政治哲學家里奧・史特勞斯。

他或許就是亞倫・芬凱爾克勞特[3]。他們那種類似杜莎夫人[4]的觀念來自於他們對所謂現代性理論的反應。但這些理論並非文學，他們的回應也就偏離了靶心。既然他們喜歡作品，何必評論那些觀點而不直奔作品本身？這實在是個謎。我明白這位散文寫作者或許經歷過痛苦，但是繼續背負過去的種種包袱，就相當於主動讓痛苦永久持續下去。讓我來揭露一個天大的祕密：要說起文學，巴特和傅柯（或者雅各布森[5]和熱奈特[6]，德曼[7]和巴迪歐[8]，等等）其實沒那麼重要。真正重要的是漢斯・馬格努斯・恩岑斯貝格爾[9]和安東尼奧・洛博・安圖內斯[10]，或者我們想看的那些作家，重要的是作家。至於他，那位停留在學生水平的散文作者，對他而言沒什麼比老師們劃分的類別更重要了。假如我們想理解文學，最好從那裡走出來，去感受文學。所謂知識，假如無法感知，那就什麼都不是。

我現在很平靜，淡然得連我自己都快要佩服自己了。但是我的痛苦啊，我不會忘記你們的！沒錯，我說的就是那些喜歡說教的老道學家們，他們不僅讓青少年厭煩，而且讓所有讀書的成年人厭煩，鼓吹智慧和優良風俗，並且用謊言來證明自己的正確！噗，聽聽他們的「反享樂主義」發言，好像我們生活的時代跟法國的「人民右翼」[11]、美國的茶黨、遍布世界的本篤十六世沒有一點關係，但是享樂主義恰恰在這個時代失去了陣地！看著勝利者如何一邊踐踏失敗者，一邊哭訴其實後者才是勝利者，而一直被他們蒙蔽在焦慮之中的民眾卻繼續相信他們，實在是很有意思的一件事。三十個人叫囂出來的發言替代了一切證據確鑿的觀察。

對文學的非文學化闡釋一直占據著社會主流，只不過闡釋的模式有所變化罷了。如今道德化闡釋接替了政治化闡釋，後者在此之前幾乎壓得我們喘不過氣；一路回溯下去，我

---

3 亞倫・芬凱爾克勞特（Alain Finkielkraut, 1949-），法國作家、哲學家、法蘭西學院院士。

4 杜莎夫人（Maria Tussaud, 1761-1850），杜莎夫人蠟像館創辦人，生於法國，於一八三五年在倫敦建立了第一個永久性的蠟像展覽。

5 羅曼・雅各布森（Roman Jakobson, 1896-1982），俄羅斯文學理論家，二十世紀最有影響力的語言學家之一。

6 傑拉爾・熱奈特（Gérard Genette, 1930-2018），法國文學理論家，結構主義運動的代表人物之一。

7 保羅・德曼（Paul de Man, 1919-1983），比利時解構主義文學批評家及文學理論家。

8 亞倫・巴迪歐（Alain Badiou, 1937-），法國哲學家，法國後結構主義之後重要的左翼思想家。

9 漢斯・馬格努斯・恩岑斯貝格爾（Hans Magnus Enzensberger, 1929-），德國詩人、作家、譯者、記者。

10 安東尼奧・洛博・安圖內斯（António Lobo Antunes, 1942-），葡萄牙小說家、醫生。

11 「人民右翼」（La Droite populaire），法國右翼黨派人民運動聯盟內部的極右派團體。

們會回到克羅馬儂人[12]的時代，孩子們剛從洞穴裡出來玩耍，一個年紀稍長、嘴不饒人的青年就開始咒罵世風日下。總有那麼一種對文學的主流闡釋，迫使文學回到社會秩序的圍籬之中。主流闡釋的代表們認為，作家使得一個普通的主張特殊化，而他們應該把這個主張再次普通化。這讓我想起小的時候，人們向我講述《拉封丹寓言》的方式，他們迫使我認為這些寓言是用來教化我的，於是我信了，直到我開始自己讀它們，我才發覺它們的詩句有著絲綢般的流暢感，而且拉封丹也根本不是那個用甜蜜奴役讀者的作家，因為在他的作品裡，重點不在於結論、那個誘餌，而是在更高處，這裡或那裡，隱藏在講述的形式中；拉封丹或許會寫出看似命令般的警句，但那些詩句的形式卻向我們吟唱著嘲諷的旋律。偉大的評論家們認為文學是結論性的，但其實文學存在於問題之中。文學就是一個問題。

偉大的評論家們受到人們的尊重，這不假。人都喜歡被愛戴。

12 克羅馬儂人是智人中的一支，生存於舊石器時代晚期；原指發現於法國西南部克羅馬儂（Crô-Magnon）石窟裡的一系列化石。

偉大藝術家化身為他／她的藝術

如同其他一切，後現代已經老了，甚至比其他一切還老得更快，因為它沒有熱情的衝動來帶動參與者的心靈。觀看摩斯．肯寧漢[1]編舞的《五人組曲》（一九五六～一九五八）影片，我們就會明白，當時還沒有名稱的後現代，是如何像所有新生事物一樣出人意料的。它是全新的、前所未見的。舞者們自顧自地進行著獨立的動作，而且跟音樂毫無關聯。和音樂分離的舞蹈！片中來自約翰．凱吉的音樂，也是分離的，與調性的和諧毫無關聯。這種分離也同樣出現在舞者的服裝上，它們的色彩各自有分別。這一切構成了一幅優雅的油畫，漂亮，卻又比它所希望呈現的更加單調，彷彿保羅．克利[2]創作的一齣芭蕾舞劇。克

1　摩斯．肯寧漢（Merce Cunningham, 1919-2009），美國舞蹈家、編舞，美國當代舞代表人物之一，曾多次進行跨界藝術表演。

2　保羅．克利（Paul Klee, 1879-1940），德國裔瑞士畫家，其作品具有超現實主義、立體主義和表現主義的特點。

利的優點在於他只是令人對動作產生聯想：他的作品是靜止的，因為都是繪畫。我們的想像力十分有幸地讓他筆下的線條動了起來。傑作總是激發他人的想像力。

啊，或許這就是好的創作者和偉大的創作者之間的分別之一。好的創作者是作家、音樂家、編舞、畫家。偉大的創作者則是文學、音樂、舞蹈、繪畫本身。他／她把一切創作都帶到了作品之外。

碎石造就的想像之牆

普魯斯特被人接納，是因他從世間隱退了出去，就像查理五世，身為帝王，卻遜位去做了修士。這才與所謂文學功臣的概念相符，否則就可能引起公憤。提到功績，歐伯克爾希男爵夫人讚賞博馬舍的時候錯用了這個詞：「他憑藉一己功績，躋身於……」身為僅以血統為標準的貴族，她不會想到，在這裡要用「才華」才準確。對於功績，人們可以仰慕，可以祝賀，也可以居高臨下地表示肯定。才華，則是危險。危險中誕生了傑作，快，得把它和泥作工程、勞工價值歸為一類，多麼漂亮的血汗結晶啊，親愛的，雖然您依然比不上我，但這真是個傑作，了不起，了不起，好吧親愛的，可以讓我的馬兒再往前走幾步嗎？

曾幾何時，那些因普魯斯特在寫作生涯之初遭到打擊的作家們，也像當時的貴婦一樣持有這種觀點；但他們最終為他的天才所折服。傑作是文學在她和社會之間豎起的一道保護牆。

在對傑作的評價中，社會偏見會隨著制度的變更而顛倒。民主制不希望其中有貴婦，皇權制不想看到受雇傭的階層——我說的是基於主題的有失公允的評價。當人們把它拋開，比如法蘭西第三帝國剛剛誕生的時候，就對路易十四統治下的作家們讚賞有加。但那真的是因為作家們語句的魅力和形式帶來的陶醉嗎？還是因為在課堂上作威作福的小學教員們，一邊幻想著自己戴著兩隻角的魔鬼假髮，一邊想像著路易十四穿著灰樸樸的工作衫，後者的權杖變成了尺，他們的尺卻變成了權杖，在這樣一種美妙的角色錯亂中，他們像身穿制服的公民教育輔導員一樣（先生們，公民身分！），對這些作家加以利用？哈，傑作，竟然這樣被大材小用！

缺少了天才，「傑作」的稱謂恐怕不會再被提起。人們可以把這個詞像枴棍一樣拿去援助一本虛張聲勢或者平庸無奇的書，但也幫不了它很久。它最多勉強支撐上幾十年，看上去很風光，但也僅限於那個小範圍。它永遠也成不了一部讓讀者愛慕的真正傑作，因為它根本不是讀者的菜。普魯斯特的讀者裡既有小資產階級，也有大資產階級，既有小裁縫，也有大貴族。不過也有偽傑作既吸引著人數極多的大眾，也迷惑著小圈子。如同一切偉大的事物，「傑作」會引來騙子和竊賊，這只能更加證明它的勝利。

不可對比的對比

說起不同形式的藝術作品之間的關聯，不同領域內的作品有時反而比同一領域內的作品關聯更多。《追憶逝水年華》中敘述者的祖母把塞維涅夫人[1]的書信和杜斯妥也夫斯基的小說相提並論。看到這裡，我對自己說：這才是好的文學評論！不僅對比主題，還要對比形式，形式是思維最密集的表達。我發現對比可以更具啟發意義；比如就狄更斯來說，我能想到的最好的對比，便是威爾第。他們都具有某種愉快、喧鬧的特點，時常略顯粗糙，卻令人熱情勃發。我不在乎他們不夠精緻，只要他們是他們自己就好了。狄更斯的歌劇、威爾第的小說，多美妙。相同的對一切的寬容，都來自不折不扣的善良，而洋溢的才華又多讓人開心，給人的感覺就像星期天剛逛完甜品店，硬紙盒裡裝著一個填滿了奶油的泡芙

1　塞維涅夫人（Madame de Sévigné, 1626-1696），法國書信作家，以反映宮廷與貴族生活的《書簡集》而聞名。

蛋糕。即便我們覺得他們的修辭嫻熟得令人難以忍受，比如《雙城記》受到過譽的開頭，或者《阿提拉》[2]如此慵懶的曲首，我們還是會原諒他們，因為說到底，他們的創作只會讓不開心的人更不開心。

油畫與中短篇小說的距離並不遙遠。裝置藝術與文學批評也如此，還有詩歌和舞蹈。隨著時代的變化，藝術創作各形式間的關聯也有遠有近。浪漫主義的作家們都曾經是跨界的偉大實踐者，比如泰奧菲爾．哥提耶[3]這位偉大的詩人，啊，他的詩集《死亡的喜劇》，假如我有一點時間，而且不打算在八天裡聽上第五十二遍朱利安．卡薩布蘭卡斯[4]的《啟示錄四和弦》（*4 Chords of the Apocalypse*），我就會說說它比《惡之華》好在哪裡，況且哥提耶還不是一個招人討厭的蹩腳演員，他非常熱愛歌劇，甚至娶了一位歌唱演員，他還很喜歡芭蕾，且寫了許多劇本，比如《吉賽爾》。他得到了回報，因為他自己已成為芭蕾的一部分，根據藝術規律，藝術家愛上什麼，他就會變成什麼。於是他的詩〈玫瑰的幽靈〉——「我是一支玫瑰的幽靈／你昨夜舞會上佩戴著它」——就變成了米哈伊爾．福金[5]的一部芭蕾舞劇，一九一一年由狄亞格烈夫[6]的俄羅斯芭蕾舞團搬上了舞台。

人會變成他喜歡的東西。

人也可以變成他憎恨的東西，這或許可以作為區分人群的一種方法。一些人是聽從愛的想法行事，另一些人則是出於憎恨行事。這對書籍的作者同樣奏效，被憎恨的念頭驅動的作者，已經把自己排除在傑作之外，因為人性的卑劣會導致審美的降低（但這不意味著善良就會賦予人才華。人生並不是可以對等交換的）。一個憎恨者很快就只會中傷、責罵、壞話連篇，他的步伐會放慢，很快他會停止不前、原地踏步、放聲狂吠。人們會為他出版一本優雅的文集，用評論恭維他，給他一些文學獎項的骨頭，但是情況不會有任何好轉。就算給一隻比特犬戴上鑽石的項圈，它照樣會往人的脖子上跳。

好作家的寫作是一種舞蹈。從某種角度來看，一切藝術創作都是舞蹈。詩歌是一種舞蹈，廣義的文學是一種舞蹈，雕塑是一種凝固的舞蹈，金句是一種沒有身體的舞蹈。因為

---

2 威爾第創作的三幕歌劇，於一八四六年首次在威尼斯上演。

3 泰奧菲爾・哥提耶（Théophile Gautier, 1811-1872），法國浪漫主義詩人、小說家、藝術批評家。

4 朱利安・卡薩布蘭卡斯（Julian Casablancas, 1978-），美國流行音樂人，搖滾樂隊 The Strokes 主唱。

5 米哈伊爾・福金（Mikhail Fokine, 1880-1942），俄羅斯舞蹈家、編舞家。

6 狄亞格烈夫（Sergei Diaghilev, 1872-1929），俄羅斯藝術評論家、劇院經理人，他於巴黎創建的俄羅斯芭蕾舞團推出了眾多對二十世紀舞蹈產生重要影響的舞者和編舞。

舞蹈是一種沒有言語的表達，一種運動中的雕塑，一種以身體為詞句的寫作。作家們舞動著，這個陶醉的小群體，有時會帶動更多的人。那會是人類幸福的時刻。

傑作的英雄主義

為了寫作，作家就要在一定程度上放棄生活，飯局、約會、這件事、那件事，寫作這玩意召喚著他。他對自己說——或許他就是這樣認為的：「我在寫作時才更有生氣。」（出自艾爾維．吉貝爾的《同情協議》）他在創作中慢慢死去，他有時就死於創作中。一本書就是一場戰鬥。在創作的某個特定時刻，作者正在孕育的作品就是他的敵人。假如他向對方讓步了，他會清楚地意識到。那是個非常容易感知卻又極為短暫的時刻，他的一部分自我迅速地閃開了敵人。但他依然裝模作樣地寫了下去，雖然走錯了路，有時候結局並不太糟，他還是獲得了某種閃亮的東西，這閃亮的東西掩蓋了他當初的軟弱。有時他贏得了戰鬥，假如他懂得不要被勝利的喜悅沖昏了頭，隨便給作品加油添醋，他就可以和他的書攜手共舞。從這個時刻開始，傑作就要誕生了。

追根究底，和作品攜手共舞，除了才華、智力、需要適時放棄的技巧、需要適當收斂的自我放任，促使傑作誕生的，便是勇氣。當作家開始寫他的第一本書的時候，他彷彿身處一片叢林的邊緣。這片他一直熱愛的文學，他其實一無所知。他向叢林進發了，多多少少踏入了叢林，雖然心想著自己並未進步，他以為在探索文學，其實在探索著自己的能力。出版過兩三本書後，他來到了一塊林中的空地，屬於他的林中空地！天空中，過往的傑作作者們，化身為行星，審視著勇敢的小人物們在林中開闢出的這些光洞。天上有月球、有火星、有谷崎潤一郎星（被冰雪覆蓋，環繞著鞭子構成的星環）、惠特曼星（垂掛著大鬍子）、狄金生星（破折號構成的星環）、阿布·努瓦斯[1]星（它的火山口都噴射出形如愛撫之手的煙霧）、法斯塔夫[2]星（因為打嗝和發笑而不住震蕩）。（有些傑作作者創造出了如此成功的人物，以致於它們也能自成一體、化為星球了。）

在他的林中空地上，作家滿心以為獲得了安寧，今後的書會來得更容易，然而卻更難，這樣最好。所謂訣竅並不存在。創作，或者我們稱其為創作的這件事，就像穿越一片刀劍的森林，人並不會因為老成而學會躲閃。不管怎樣，刀劍總是比人更加靈活，但作家依然繼續前行，他遍體鱗傷地來到領獎台上。或許就是因為這樣，人們接受了他。他明白這一點，也明白他曾經歷過什麼，卻還是會忘記那些幸福和勝利，舞蹈和快樂。他看上去不知所措，直到下台的時候，這位明星舞者才讓人們看到，他的背上真的綴著一顆星星。

一位偉大的作家不是一個人，而是一隻老虎。他從林中空地走出來，齒間含著一束鮮花。他身上的條紋，我們走近後才發覺，原來是小說中的句子，戲劇裡的對白或詩句。書籍的英雄，並非其中的人物，而是作者們。普魯斯特，這個戴著羊皮手套、捂嘴嗤笑的小傢伙，就是海克力士。他是創作者。多麼了不起的書。在這本書裡，在羅貝爾、奧麗婭娜、巴拉麥德、莎岡，以及所有其他人物的背後，我所看到的，正是他。老虎們，我熱愛你們，巨人們，我崇敬你們。

---

1 阿布・努瓦斯（Abū Nuwās，約756-814），阿拉伯詩人，也用波斯語寫作，被視為阿拉伯現代詩歌的始祖。

2 約翰・法斯塔夫爵士（Sir John Falstaff）是莎士比亞戲劇中多次出現的喜劇型人物，肥胖、自負、自誇、酗酒成性。

衛星式的傑作

普魯斯特出現在富麗酒店[1]的最後一次，也是眾所周知他唯一一次與喬伊斯的會面，但他們並沒說什麼有意思的話。普魯斯特問喬伊斯是否認識某某公爵夫人，喬伊斯只是嘟囔了幾句，除了文學，他最熱衷的莫過於女僕的臀部了；反之假如喬伊斯向普魯斯特問一個有關女僕的問題，後者大概也同樣會嘟囔。交流的失敗不見得只因為愛好不同。普魯斯特還遇見過王爾德，兩人也沒說什麼有意思的話。普魯斯特跟大作家的見面沒有一個是成功的。難道所有大作家和其他大作家的見面都以失敗告終嗎？大作家們就如同行星，而行星和行星之間沒什麼可說的。但他們對那些比他們小的星球、他們的衛星，就有話可說了。而且往往引人入勝。隨之而來的是談話紀錄的傑作，比如愛克曼[2]記錄的《歌德談話錄》（一八三五）、奧斯瓦爾多・費拉里[3]記錄的波赫士談話錄（《與波赫士對話》，一九八五；《新對話錄》，一九八六；《最後的對話》，一九八七；《再度發現，未曝光的對話》，一九九九），還有莫拉維亞[4]和亞倫．埃爾坎[5]的對話（《莫拉維亞的一生》，一九九一）。

假如喬伊斯什麼都沒說，那或許是因為他意識到自己正面對這樣一個人，全世界都將圍繞這個人的小說製造話題，而他卻打算消滅這話題。沒錯，或許促使他創作《尤里西斯》的因素之一便是企圖摧毀《追憶逝水年華》。它是一項堅韌不拔、細緻入微、精雕細琢的工程；又是一份長篇巨製的訃聞（關於一個世界、一個世紀、一個童年），如此法蘭西、如此上流社會、如此條分縷析（別忘了他自己也是），帶著一種不可思議的真誠，以致於有時看起來像是一個騙局；它還是一份出生通知，宣告這樣一部作品的誕生：它剛剛注意到一個世界即將落幕，而在它描寫這個世界的同時，卻又使其再度重生，因為它就是一個

1 富麗酒店（Hôtel Majestic），位於巴黎市中心，歷史悠久，曾接待多位世界文化、藝術界知名人士，現更名為「半島酒店」。
2 約翰．彼得．愛克曼（Johann Peter Eckermann, 1792-1854），德國詩人、作家，《歌德談話錄》是其最知名的作品。
3 奧斯瓦爾多．費拉里（Osvaldo Ferrari, 1948-），阿根廷詩人、作家。
4 艾伯托．莫拉維亞（Alberto Moravia, 1907-1990），二十世紀義大利著名小說家，曾擔任國際筆會主席。
5 亞倫．埃爾坎（Alain Elkann, 1950-），義大利小說家、記者。

有意寫作的敘述者的故事，而敘述者在故事的最後完成了寫作。喬伊斯則把它簡化成：昏黃燈光下優雅的喋喋不休，還是讓我們來點青春活力、雄性氣概、酒館文化吧！我想太多了，他從來沒跟任何人這樣說過。喬伊斯是一個木質的圖騰。有些作家是談話的奇觀，有些是稍稍遜色的沉默的奇觀。第二種作家在他們的書裡並不寡言；而第一種，他們未必寫出能跟讀者對話友好的書。無論話多還是話少，假如他們寫出一部傑作，它是無聲的。傑作會跟自己說話。我們只須聆聽。

讀者的貪婪

普通，令我們習慣於平淡無奇、習慣於差強人意、習慣於即溶果汁。傑作出現了，只需一部，我們就會歡呼雀躍。於是平庸被忘卻了，一無是處者也同樣。傑作把我們帶向高處。我們想留在那裡。還要！還要！我們輕輕地說，像永遠飢渴的吸血鬼。還要！還要！

讀者向傑作的作者索取另一部傑作。假如他碰巧沒能及時地滿足這個要求，便會一無所有。讀者繼續他的路途，作家一路顛簸來到一個遙遠的路口，路標上的箭頭指向地平線，上面用大字寫著——「加油」。他低垂著頭，對著一個大塑膠碗，巴望著收穫一點施捨（有人再讀一遍他的作品），一邊輕輕地撫摸著身邊的老狗——他的書。狗也累壞了嗎？不，它皮毛如絲、閃閃發亮、依舊年輕、身姿矯健。它輕輕地咬著作者，希望引起他的注意，但他再也不動了。他沒能再次穿越刀劍的叢林，而是被人遺忘。有些作家格外令人欽佩，他們不僅試圖寫出一部又一部的傑作，而且最終做到了。從這個角度來看，在《理查三世》

之後能交出《馬克白》，《仲夏夜之夢》後面又寫出《暴風雨》的莎士比亞，比普魯斯特更令人敬佩；普魯斯特則是年復一年，一部接著一部，逐漸提升著自我（他自己也曾在無意中這樣不公正地評價過繆塞），從《歡樂與時日》[1]寫到了《追憶逝水年華》。對普魯斯特來說，進步是美好的，因為他確實是這樣做。隨興的、輕鬆的、墨丘利[2]式的才華，與這位常年臥床的海克力士幾乎無關。但是沒有人比他更讓世界震驚，他，年輕而乏味的小老頭，一頭鑽進了臥室（其實他有好幾個臥室，分散在不同的寓所，但都在他個人的神化過程中匯集成了那個「軟木鋪成的臥室」，神化是個與記憶術有關的花招），再次走出時，已如同敘利亞廟宇中的巨型雕像般龐大，他伸出雙手，上面捧著他的想像所構築的城堡。

我們走了進去。

1 《歡樂與時日》是普魯斯特的第一部著作，散文詩與短篇小說的合輯，出版於一八九六年。普魯斯特在出版《追憶逝水年華》期間，曾有意阻止這本書的再版。

2 在古羅馬神話中為眾神傳遞訊息的使者，是商人與旅行者的保護神，其形象常與速度有所關聯。

這是一個王國

這是一個王國。

它的君主一面迎接我們，一面用微笑和那種略帶厭煩、其實包含著某種謙遜的手勢謝絕了我們的恭維：「在藝術裡，付出體力並不難，而且也沒什麼意思。」這就是他大功告成之後說的話。能夠寫出一部又一部傑作之所以是一件具有英雄氣概的事，不僅僅是因為難度，還因為恐懼。不止一位年輕作家在二十五歲一炮而紅之後便止步不前，再也走不動了。他意識到他太過草率地暴露了自己。傑作的作者們都在建造與世界競爭的王國，世界對此心知肚明。

在完成了許多戰役傑作之後，拿破崙說：「我真正的榮耀並非贏得了四十場戰役；真正無人可抹殺，並且將永久存活於世的，便是我的法典。」（《聖赫勒拿島回憶錄》，拉斯卡斯[1]，一八二三）雖然他是個說過許多話，而且很多時候，尤其是為了宣傳的時候，都言不由衷，但這段話我認為是真誠的。他贏了那麼多戰役，大概已經忘記了這些戰役在他頭腦中激起的所有令人驚嘆的英勇、計謀、機智、想像力、天份。一部傑作，在被越過之前，看起來就像喜馬拉雅山，一旦越過了，他的作者會半轉過身對自己說：「你就這樣嗎？可憐的小山包？」這就是為什麼完成了豐功偉業的人有時反而自豪於一些根本不起眼的小事。這樣做，也是為了讓人們不再向他提起那些豐功偉業。沒錯，沒錯，我還會做其他事的，遲早的事，您先讓我好好享用這客巧克力冰淇淋吧。

傑作的作者是一個抬起了大山、卻覺得自己只挪動了一粒石子的人。這樣對我們來說更好，因為否則他就可能變得令人難以忍受。其實對他來說也是好事，與他的功績相等的滿足感，會給他帶來狂妄自大的氣息，從而降低人們對他作品的評價。

我們看著他創造的那個與生活競爭的王國，再來看生活。在他之前，生活是不一樣的。有了他，生活不再一樣了——世上能讓我們說出這話的人很少。傑作的創作者給了世界一個禮物，世界並沒期待這個禮物，而它也沒有任何目的！世上沒什麼比這些創作藝術的孤獨作者們更慷慨的了。

1 伊曼紐爾．拉斯卡斯（Emmanuel de Las Cases, 1766-1842），法國歷史學家，於一八一五年秋至一八一六年年底在聖赫勒拿島陪伴拿破崙，並以後者的談話為基礎寫下《聖赫勒拿島回憶錄》。

傑作不會傳授任何人生祕訣

傑作不會傳授任何人生祕訣，也不會傳授文學或其他任何東西的祕訣。難道我們會向方塔納[1]的畫作《空間概念》或者蒙特威爾第[2]的歌劇《奧菲歐》求助，請它們教我們點什麼嗎？文學的悲劇，是出於良好意願的人們，他們獨斷專行（多麼希望他們也能心地善良），令人們相信文學會提供（人生的）教訓，但其實它所做的只是（藝術創作的）展現。這種困惑來自於它的工具。如果說音樂和繪畫使用的是需要掌握方法的音符和色彩，文學使用的則是詞句，而任何孩子都知道怎麼用；如果說學習前一種工具的目的是審美，那麼第二種的目的便是溝通。這往往會扭曲人們本應持有的觀念，即成人之後，他們便可以創

1 盧齊奧・方塔納（Lucio Fontana, 1899-1968），出生於阿根廷的義大利雕塑家、畫家。

2 克勞迪奧・蒙特威爾第（Claudio Monteverdi, 1567-1643），義大利作曲家，《奧菲歐》（*L 'Orfeo*）是其流傳最廣的歌劇，也是現存最早的歌劇之一。

作文學。所有其他語彙都具有溝通目的，運用詞句來銷售（廣告）、來教授（哲學）、來訓誡（宗教），依此類推，於是大多數人得出結論，文學語彙同樣是為一種功用而服務的。正是因為如此，他們以為他們崇敬文學，但事實上，他們對文學還另有要求。譬如言論、教化、神諭（當文學降格為雄辯的時候，它本身也會導致以上困惑）。文學並不以教化為目的，頭腦清醒的讀者會很容易認清這一點。不過出於仰慕，他們很難承認文學不屬於神諭。至於文學並非言論，在他們看來就更不太可能了。哦，真是難為你們啊。你們覺得，你們對形式很敏感，所以你們就是淺薄的，彷彿你們的座右銘是：「我所熱愛的應該比我自身的更好。」但是熱愛文學，你們已經比很多人更好了。而且你們該知道，它並不屬於溝通的領域，而是情感共通的領域。

在一個回歸道德主義的時代，要讓人們理解上述理念尤其困難。道德主義是如此強大、如此根深蒂固，以致於一個被視為嚴肅作者的小說家竟然宣稱：「小說應該站在善的一邊。」（菲利普．福雷斯特[3]，《星期天日記》，二〇一〇）而且除了我，並沒人提出抗議。小說應該站在善的一邊，小說應該站在善的一邊，《小說應該站在善的一邊》，散文集，由德蕾莎修女出版社出版，斯特凡．埃塞爾[4]作序，美國「憂國婦女同盟」[5]作後記。快去睡覺吧，孩子們，這種醜東西不適合你們，我在對我最喜歡的小說人物們說話。如果他們聽到剛才那樣的蠢話，一定會暴跳如雷，還沒等我反應過來，就會從破裂的衣縫裡抽出電鋸去追殺那些討厭的傢伙。上一次，烏利亞・希普[6]就用指南針為他們指引了方向，煽動了他們的熱情。希普是個壞蛋，但那是因為他很不幸。他很不幸，那是狄更斯的錯。在《大衛・科波菲爾》裡，狄更斯出於偏見，將他置於死地，只不過因為他長著紅髮（要不然就是因為他本來就有罪，狄更斯才把他寫成了這樣）。法老時代的埃及人對於剛出生的紅髮嬰兒格殺勿論，難道為了變成一個受大眾歡迎的小說家，就要跟大眾有相同的信仰嗎？

《不可兒戲》的人物們給了我什麼樣的教訓？他們怎麼能教我為人處世、防備混蛋，在公司裡、在伴侶關係中、在財務上取得成功？這些漂亮的陶瓷製小人物，除了教我看到

---

3 菲利普・福雷斯特（Philippe Forest, 1962-），法國作家，其小說語言具較強的實驗性，主題多與個人經歷有關。

4 斯特凡・埃塞爾（Stéphane Hessel, 1917-2013），生於德國，法國外交官、作家，德國納粹集中營生還者，第二次世界大戰期間法國抵抗運動成員，世界人權運動的積極倡導者。

5 美國保守派基督教婦女活動團體，成立於一九七九年。

6 烏利亞・希普（Uriah Heep），狄更斯小說《大衛・科波菲爾》後半部主要的反派人物、偽君子。

他們自己，還能教我什麼？但是聽著，把陶瓷製的漂亮小人物帶到世界上也並非毫無意義，他們都是如此，小說人物並非真正的人。（這便是為什麼厭惡人類的傢伙對他們痴迷異常。他們從不令人失望，厭人者說。或許更確切地說，他們從不改變；固定不變的特質讓厭人者們放心，因為他們常常提心吊膽。）人總是在變化，跟人在一起就要冒險，但他們比小說人物多了這樣一個優勢——一具皮囊和一雙手臂。人可以相互撫慰，從而彼此靠近。撫慰能代替太多言語！該怎麼說呢？它們也是一種語言。然而我們不能因為對真人失望才愛上小說人物，文學並非對生活的一種怨恨。

有些小說知道人物的一切，它們有各式人物、各種類型、各式特點，總之是些在金粉裡飛來飛去、時常極具魅力的人偶；有些小說嘗試著創造出真人，帶著我們對描寫對象始終懷有的不確定性，乃至根本無法將他們講述完整的可能。我們永遠無法了解人，至多可以靠近他們。以上兩種方式的任何一種，都是解決這個難題的嘗試。文學在其中經歷了如同舞蹈所經歷的演變：從珀蒂帕[7]命令身穿紗裙的女孩們像芍藥花軍團一樣行進的《胡桃鉗》，到菲婭．梅納爾[8]用當代世界最醜陋的物品之一——塑膠袋創作出的童話《吹風機的午後》。那是兩種截然不同的改頭換面，它們並不源自生活，而是來自從前的藝術形式：

第一個來自霍夫曼[9]的故事，第二個來自特技表演。奧菲斯在逃出地獄的途中轉了身，冥王告訴過他，假如他轉身了，便會與妻子尤麗迪絲永遠分離。可是，他太好奇了！他終究還是轉了。但那不是為尤麗迪絲轉的，而是出於對職業／技藝的熱愛。奧菲斯是個遊唱詩人，他撰寫的是史詩，他的人生經歷便是一首。他們是怎麼做的呢？呵，藝術家們。他們根據人生容許產生何種詩篇來確定人生的意義。

世界上是否有完整通透的人，能讓人將他們包圍（像包圍逃犯一樣），然後捕捉（像捕捉動物一樣）起來，放進一個完美無缺的故事（就像一份報告）裡？我不相信書裡的「主人翁」，他們不過是作者們對不確定性實施報復的產物。作者們遭到真人的欺騙，希望掌握人生，於是造出了理想化的人物——或正面或反面，但幾乎都是錯的。只有像王爾德那

---

7 莫里斯・珀蒂帕（Marius Petipa, 1818-1910），芭蕾舞演員、教師、編舞，出生於法國，從二十九歲起旅居於俄羅斯，是世界公認的芭蕾舞大師。

8 菲婭・梅納爾（Phia Ménard），法國當代舞蹈演員、編舞。舞蹈《吹風機的午後》借用了《牧神的午後》的典故，採用德布西的音樂，將塑膠袋製成的人形作為表演的主體。

9 E・T・A・霍夫曼，芭蕾舞劇《胡桃鉗》改編自他的短篇小說〈胡桃鉗與老鼠國王〉。

樣，帶著他的輕度虛偽、他骨子裡的善良，以及他佩戴的康乃馨，可怕的康乃馨，還有他對美麗的熱愛，才可以說出一個小說人物的死亡是「我人生中最大的悲劇之一」這樣的話。沒錯，他說的是呂西安，巴爾札克《交際花盛衰記》裡伏脫冷的英俊情人，在監獄裡自縊身亡的呂西安。聽著，奧斯卡，你不是更應該為了這「被詛咒之群體」的淒慘命運而落淚嗎？若干年後，這群人成為普魯斯特筆下的同性戀者，令人遺憾的是，他錯誤地認為，不幸是這群人與生俱來的命運；又或者這只是他精心布置的迷局，以此為藉口讓這群人在他的小說裡得見天日。他們的不幸不過是當時社會之卑劣的一個後果罷了。實際上，說那句話的不是王爾德，而是〈謊言的衰朽〉裡的維維安（出自王爾德文集《意圖集》）。這便是一個虛構人物在傳達人性的理念，而這理念與人物和真實的人是一致的，或者說更高一級，因為他懂得同情。這個人物由一個真人創造出來，而真人隨即將他遺忘。在《駁聖伯夫》一書中，普魯斯特說：「人生終歸會教人（他）明白，有些痛苦比書本帶給我們的痛苦更令人心碎。」可是當普魯斯特為了一個記者含沙射影地說他是同性戀（他堅稱自己不是）而要求對方跟他對決的時候，他也跟中邪沒兩樣，就像王爾德起訴他情人的父親，稱他是雞姦者一樣。我們可以清楚地看到，真人比小說人物還要頭腦不清醒；但恰恰是人，這些人，王爾德、普魯斯特，創造出了傑作。傑作不會傳授任何人生祕訣，即便是向傑作的作者們。

非物質遺產

傑作並不在生活之外。它們就是生活，擁有一切人為或自然創造物的形象。它們在我們的地址簿裡加入那些人物的名字，在我們的相冊裡加入我們與它們一同度過的美妙時刻的回憶（「你記得嗎？我們在水裡找到這個可憐的歐菲莉亞的時候？……」、「這個獨臂拳擊手，他真帥！」），在我們的心裡加入它無法獨自猜到的情感。傑作令世界完整，補充了它並不自知的需要。

在地球風景的物質遺產之外，又添加了傑作的非物質遺產。每一個歷史遺跡都有自己的附身，只有讀者們能看到它。考克多的《可怕的孩子》就是土耳其內姆魯特山神廟那些巨大的頭像投下的金色影子。

世上將有無窮無盡的王國。

傑作的後果

傑作令人愛上傑作。

傑作令人愛上傑作的作者。

傑作彷彿領地的征服者，拓展著我們的格局。人們讀它以使自己不那麼局促、不那麼狹隘、不那麼故步自封、不那麼僵化、不那麼枯燥。看過書的人更加廣博。

傑作可以拯救人，從這個詞的所有含義來說都是如此。在我還很年輕的時候，傑作拯救了我，它告訴我，我不是獨自一人。世上還有另外的國度，只要管理好現實生活的敏感脆弱，人們或許就可以進入這個適於生活的世界？「傑作號」拖網船停靠在一個港灣，從上面走下成千上百名少年，他們開心地叫喊著（這叫喊似乎有著太陽的形狀）。這些船民穿越「世俗之洋」，逃離了平凡的生活，那片大洋沒有風暴，卻有著緩慢而難以察覺的潮水，因而更為危險。他們都有著相同的年齡，不管是八十歲、五十歲或者三十歲；他們都是十四歲。他們在這個年紀下定決心，不再繼續以往的生活，他們踏上了這個王國的土地。

「傑作之國的建立者據說是大約西元前八世紀的荷馬，但也有可能是年代更早的一位中國詩人。它的古蹟不計其數。各位將參觀『追憶逝水年華』宮，那裡的沙龍十分精彩，美食也毫不遜色。在華特・惠特曼百貨商店入口處朗誦的，正是惠特曼本人，他在向大家推薦自家的商品。在公園的池塘裡，『戰力號』木船的船舷上放有一隻細小的繭；是海涅的海妖[1]把它從水底打撈上來，並且讓水手比利・巴德[2]重返人間。在一座被冰雪覆蓋的高塔頂端的瞭望台上，一位年輕的王子正在凝視一顆骷髏頭；假如您靠近的話，會發現他在那顆頭骨的眼眶裡安裝了一面鏡子，他正在察看自己的皺紋。」克萊麗莎・戴洛維[3]一邊輕輕跳躍著穿過一條大街，一邊看著天上的一架飛機。飛機上乘坐著從好萊塢返回的最後一位富豪。少年們奔跑著去欣賞這些令人激動的景象，途中穿過許多矗立著的巨大頭像，幾千年來，不關心文學的人一直在納悶這些頭像代表了什麼。一位少年向其中一座頭像踢了一腳，它隨即坍塌了，在這個國度裡，沒什麼規則是一成不變的。傑作還拯救了其他一些人，少了它，這些人或許早已被遺忘。首先是作者們，其次是曾經出現在他們生命中的所有人。家人、朋友、熟人、他們幾乎沒碰過面的人，以及個別時候他們甚至僅僅在夢中遇到的人。我們可以認出貝緹麗彩・坡提納里[4]、托馬索・卡瓦列里[5]、安妮・海瑟薇[6]、希拉・格雷安[7]，還有許多不那麼重要的人物，這都是因為，在歷史的某個時刻，這些人都曾由於一部傑作和作者們擦身而過。拖網船再度啟程尋找新的幸運乘客，海豚和海鷗在船尾翻捲的浪花中起舞歌唱。

傑作令人愛上生活。即便那是一部灰暗的傑作，那也是一種創造。雖然左拉的宿命論調實在令人厭煩，但他對於一切成群結隊的、大眾的、集體事物的描寫能給我們帶來愉悅（這才是個真正的左翼作家；他不害怕群體，並且在其中看到人性），比如《巴黎的肚

1 海涅於一八二四年創作的敘事詩《羅蕾萊》中的同名女主人翁，萊茵河畔的美麗女妖。
2 美國作家梅爾維爾的短篇小說〈水手比利・巴德〉(Billy Budd, Sailor, 1924）的主人翁，「戰力號」是小說中畢利工作的船隻。
3 維吉尼亞・吳爾芙出版於一九二五年的小說《戴洛維夫人》的女主人翁。
4 貝緹麗彩・坡提納里（Beatrice Portinari, 1266-1290），一位佛羅倫斯女士，是但丁詩作〈新生〉的主要創作靈感。
5 托馬索・卡瓦列里（Tommaso Cavalieri, 1509-1587），義大利貴族，是義大利藝術家米開朗基羅的愛慕對象。
6 安妮・海瑟薇（Anne Hathaway, 約 1555-1623），莎士比亞的妻子。
7 希拉・格雷安（Sheilah Graham, 1904-1988），美國專欄作家、演員，曾與美國作家史考特・費茲傑羅有過一段戀情。

子》[8]裡中央市場內的商販，他能讓肉鋪的老闆娘也富有詩意。小說是他不可動搖的熱愛對象，而小說擺脫戲劇是很晚發生的事，並且相當稀有，儘管有一些敏銳的頭腦早就寫過非戲劇化的小說，比如格扎維埃．德梅斯特[9]美妙的《在自己房間裡的旅行》（一七九五）。我說的是好作者，普通的作者依然留在戲劇裡，而且或許會一直留在那裡，那甚至會成為他們的特點，一段以模式化的方式塑造成悲劇或者喜劇的故事。他們向我們講述一切有關他們的人物確實是什麼樣、確實怎麼想。確實？我們希望在人生中和在書中一樣，都有一個「確實」，一個對於每個人、每個行為的終極定義。這樣做其實是忘記了我們是在不斷變化的，我們並不對我們所有的行為負有絕對責任，而我們很清楚這一點。所以我們應該承認，大多數時候，我們就像一個互動的遊戲，但我們不想這樣。所謂的「確實」，是一種人為的簡化。

傑作給予人勇氣。作者擁有勇氣，只是人們看不出來（假如有意顯露自己的勇氣，就會變成對崇拜的一種勒索），但他會透過他的書向我們傳遞一種能量。有了傑作的陪伴，我們會在一瞬間變得更敢作敢為、更有朝氣、更幸福。當我從一部傑作中走出，我簡直可以一舉擊垮伊朗的宗教專制和查韋斯的統治。被這些制度投入監獄或勞改營的人們，假如他們也能讀到一部傑作，便擁有了一個支持他們的朋友（剝奪囚犯閱讀的權利是一種十分高級的野蠻）。倒不是說這樣能幫他們「越獄」，而是他們會告訴自己：世上還有人在做這樣的事，不是所有人都像折磨我的人那樣。

傑作令人產生寫一部傑作的想法。如果我們想對某件藝術創作品說點好聽的話，不就是說它催生出創造的欲望嗎？正是因為傑作的存在，形式的世界才得以繼續。一部傑作的作者看過了許多傑作，於是夢想著自己也寫一部，他把他的書和他的夢想融合到了一起。如果一位詩人寫了一首詩，那是因為他讀了許多詩，並且想進入詩歌的王國，他既是在擴張這個國度，也是在其中得到快樂。創作者是為了創造而創造。

傑作會在讀者那裡激起十分美妙的東西，通常是愛。這實在讓人開心。

當然，傑作也會引發寄生現象、嫉妒和仇恨。對於後兩者，它可以用巴爾札克的話來自我寬慰：「惡意誹謗從來不會傷及平庸之輩，平靜的生活才會令他們暴跳如雷。」（出自

8 左拉小說系列《盧貢—馬卡爾家族》中的第三部長篇。

9 格扎維埃．德梅斯特（Xavier de Maistre, 1763-1852），薩丁尼亞王國的法語作家、畫家、軍人。

《古物陳列室》）況且風趣的話並不足以對抗惡毒。寄生者也有他們的用途，註腳有時就隱藏著一隻老鷹起飛時落下的一根羽毛。在一冊《紅與白》[10]頗為深奧的版本裡，我了解到斯湯達爾在評價這部稿子時曾這樣寫道：「這個年輕的法國男子……缺少愛的勇氣。」啊，斯湯達爾，就連在稿件的空白裡也這麼有想法，這種讓人開心的才華浪費止不住地令我興奮。有些評註者是那麼愚蠢，以致於我們想：「作者究竟做了什麼，得到這樣的報應？」但正當我們打算把他拋棄之時，卻又因此和他結成了同盟。任何東西都無法削弱傑作。

我的朋友B和我講了這段經歷：

在外縣市的一座城裡，我在一家酒吧做了一場演講，酒吧已經拉下了鐵捲門，我從早上六點到八點都在跟一個男孩說話，想說服他跟我睡覺。我一邊說一邊撫摸著他的背，他柔軟、蒼白，靠近腰的地方還有點胖。多惹人喜歡呀，這個背！我一再堅持，但是那個腦袋回答我：「不行，你根本沒意識到，我正在跟寫了一本傑作的人對話啊，《紅色！》《紅色！》。而且它就在我的床腳，能放在我床腳的書可不多。除了普魯斯特，就是你了！」我嘟囔了一句：「誰在乎什麼《紅色！》」忍著沒再多說，但心裡卻還在想。我花了那麼多工夫寫成的書，現在居然還要霸占我的時間？我的書是我的書，我是我。我不能再讓它們妨礙我的生活，同時我還要提防著別讓我的生活狂妄到影響了我的書。唉！對一些讀者來說，寫出一本「傑作」，就等於把我們發配到了一個貞潔的星球。這其實是理想主義的誤入歧途。

請別因為我的朋友用了「傑作」這個詞（其實他盡可能用了很多的引號），就推斷他自我吹噓，其實無論在他寫之前或者之後他都沒這麼做。那麼多同行整天向我們宣稱他們正在寫一部傑作，但通常我們永遠也看不到它問世，我的朋友不僅寫出來了，而且幾乎令人欽佩的是，他完成了以後也幾乎從來沒向人提起過。當我把這話告訴他的時候，他只是嘟囔了一下。有些人會為自己寫出了傑作而感到歉意。

在談話的時候，B總是用「我或許會說」、「在我看來似乎」來表達他所想到的，盡量不顯得武斷。這些表達不欺騙任何人，而是表明他懂得照顧與他對話的人的感受。「他所

10《紅與白》為斯湯達爾寫於一八三四年的長篇小說，原名為《呂西安．婁萬》（*Lucien Leuwen*）。

想到的」並不是說他像牛吃草一樣思考了很多年。你的速度真讓人佩服，我對他說。「饒了我吧！你想讓我死嗎？」他一邊看看四周，一邊做出驚恐的樣子。姿勢的幽默並不妨礙他感受到驚恐。真誠有許多面具，或者這樣，或者死，它對自己說。在文學裡，B就比他的談話粗暴多了，很有一種「您自己看著辦吧」的意味。這倒不是瀟灑，而仍然是照顧他人的感受：他不想把讀者當作孩子來教育，傷害敏感的讀者。他的文字和他的談話一致，但是採用了不同的方法。沒有導讀、沒有結論、沒有解釋、沒有介紹性的想法，保有另一種方式的分寸。「瞧我就是這麼想的，我把它交給你了，我走了。」獵犬的賽跑場同樣可以是傑作，且不比羅馬競技場遜色。

他在其他縣市的城市做了一場演講，該城的一位記者兼日報的部落格撰稿人對他說：「您為某部傑作的作者的新書作了序。我覺得那本書讓人失望，您是真的喜歡它，還是由於喜歡罕見的書才為它寫序？」有些記者認為問題就是用來放置他們自己的觀點的。B是這樣回答的（在他的部落格裡）：

世上唯有平庸才永遠不讓人失望，同時它不會令人驚喜。傑作常常在最初接觸時讓人失望，但我們已經聽到太多奇蹟了！有時候讀者也會讓人失望。當他們不喜歡某個東西的時候，從來不會想到責任也許就在他們自己。至於喜歡罕見事物？⋯⋯罕見可以是愛慕的諸多因素之一。有人喜歡大家都在看的東西，因為大家都在看，也有人喜歡那些不是所有人都摸過一遍的東西。

我對這份克制印象深刻。換了我，恐怕會回答得更激烈。

「我告訴你，有人想弄死我，」當我再次跟他提起這種克制的時候，他這樣跟我說：「王爾德就是因為寫出傑作之後不夠克制被人弄死的，而且那些作品還在劇院裡廣受好評——不是先後得到好評，而是同時，《理想丈夫》和《不可兒戲》。」王爾德重新端起了酒杯，終於在香檳裡走向沒落。在我看來，當一個人寫出、譜出或者畫出一部傑作，這便賦予他享有許多寬容的權利。沒錯，即便他自我重複、水準下降、偏離軌道。他撰寫出了某種將我們提升，令我們更聰明、更優秀的東西。B補充道：「傑作給予人鼓舞，平庸的東西才讓人氣餒，一無是處的東西可以讓人消遣。」隨後他微笑著總結：「一個作家，還是應該時不時寫出一部傑作來。」

傑作把我們變成傑作

也許唯一無可辯駁的標準，就是這個——傑作是一部把我們變成傑作的作品。一旦它穿過了我們，我們就不再是原來的我們了。一部普通的創作品，我們能掌握它；一部傑作會征服我們，從而改變我們。除了野蠻人和混蛋，誰會說他們讀了普魯斯特之後還是原來那樣呢？

傑作是什麼？是一幅油畫、一首詩、一座雕塑、一部電影、一支音樂，它擁有將觀看或聆聽它的人變成傑作的特質。

——尚・考克多，《被定義的過去》卷五（*Le Passé défini, V*）

當我讀普魯斯特，我就變成普魯斯特；讀莎士比亞，變成莎士比亞；讀普希金，變成普希金。我是他們的人物、他們的背景、他們的情感，是他們。我是他們的才華。傑作在我的地下室裡照耀出我從不自知的種種創造的可能，他們如此成功地為生活的無形賦予形態，以致於有那麼一瞬間，每個人都在告訴我們，他和我，我們一起，是世界的預言者。

這就是為什麼人們有時在愛慕一個對象時，會甘願成為它的奴隸。當人們尊重傑作的時候，它就不再是一個活生生的物體。一件傑作，人們以為在忍受它，但其實是生活在它中間。人們可以對它說話、反駁它、推攘它、排斥它、回到它身邊、擁抱它，最終，愛上它；也可以變得平和，世上有多種平和的愛的形式，每一種都由相應的傑作形式孕育而成，或者更確切地說，由它和我們的互動產生而成。《戰爭與和平》讓我平靜，《罪與罰》讓我憤怒。的確，《罪與罰》並不全然是一部傑作，它以為自己是傑作的巔峰，但其實更像一部退化了的傑作。或許它給出了一個有關狂熱的定義，正是狂熱毀掉了杜斯妥也夫斯基的小說，它們像長跑選手半途而廢，去做了布道者。他們爬上了一座界碑，把自己困在了那裡，於是一個才華橫溢的人不再有才華了。之後的一切不再適合我們了，好的讀者不是為了封閉自我、求得安定才讀書的，他們想透過那個叫作想像力的高級智慧形式去發現新東西。想像力以令人矚目的迅速（因為這速度根植於文化），使我們靠近出乎意料的景象——

啟蒙！長篇說教是一種人們可以遠離的粗魯行徑，但杜斯妥也夫斯基做的比這還糟；他利用虛構（能夠令言語變得極其不確定的藝術）的種種方法來喬裝打扮他的狂熱，使它變得吸引人。醜惡和不誠實也可以具備誘惑力，它們甚至可以獲得既頑固又凶猛的成功。這些作者將觸怒最好的讀者，因為他們將這些人視作劣等公民。他們這樣想：這些人會活下去的，他們會真誠地吞下詭計，先是瘦的然後是肥的，纖細精美之後便是難以承受的重壓，重拳緊隨著輕柔的撫摸，所以文學裡才會有憤世嫉俗。這些作家是戰術家，他們的戰術便是粗暴。這種粗俗影響了他們寫作的方式，他們一頁頁寫得越來越厚，曾經被他們和鼓棒握在一起的鮮花已經在行進途中失落。文學會報復那些想奴役它、並且敗壞自己寫作的人。

文學似乎沒有別的內容，不是宗教（杜斯妥也夫斯基），不是對權力的奉承（高乃依），不是社會的入門課（出書的人裡很大一部分），不是讀者的消遣（另一大部分），不是作者的肖像（同上），而是文學自己（留下的極少數）。「留下的極少數」，如果文學有一部傳記，這是多好的標題。

她誕生於十八世紀末的歐洲。她的母親，一位中了香料之毒的侯爵夫人，一邊用肥胖小腳的趾尖挑著一隻緞面的拖鞋，一邊對他的父親，一位長著牧神的腦袋、頭髮上還留著稻草的十七歲農夫，說道……

傳記的結尾應該是這樣的：

她頭髮花白、瘦小、固執，漫不經心地播撒著傑作，除了自己，沒有任何志業，但是渺小的文學勝過了其餘一切。

瀆聖者的關懷

世上有關於繪畫傑作、雕塑傑作、攝影傑作、音樂傑作的書，或許僅是因為世上還有博物館和穿制服的保安，以及音樂廳和身著燕尾服的演奏者；那麼之所以沒有關於文學傑作的書，是因為沒有書籍的羅浮宮和普萊耶大廳[1]？據說有了建築才能吸引人的注意力。咦，那圖書館呢？正是為了雅典的第一座公共圖書館，人們才用文字寫下了荷馬的詩歌，並由此使它們正式晉升為傑作。即使它們先前已受到足夠的尊重，不難讓人做出這個決定，但對於並不了解它們的人而言，圖書館還是可以作為某種證明。

一切公共建築都是一座教堂，在其中得到展示就會變得神聖。雕塑、搖滾歌手、足球選手，還有書。這件聖物召喚瀆聖者，聖物動彈不得，人們欣賞它卻不讀它，怎麼說呢？人們不再讀了。其實擁有名聲便已足夠。瀆聖者來了，衣衫襤褸，頭髮凌亂，面帶笑容。他打開了窗子。瀆聖者解放了讀者，也解放了書。瀆聖者是將魔法推翻的生活。我們應該把手伸向傑作，那是輕柔的愛撫。雕像將再度變成人。

1 普萊耶音樂廳（Salle Pleyel），位於法國巴黎，於一九二七年落成開放，是許多重要作品首演的場地。

唯一讀者會社

下令將《伊利亞德》和《奧德賽》轉錄成文字的人是庇西特拉圖[1]，在西元前六世紀，即兩部作品出現之後的兩百年，這已經算短了，相當於我們到夏多布里昂寫出首批作品的時間間距。當初荷馬並不像有些人說的，如同人氣電視節目一樣，大家圍坐一圈、聽他吟唱詩歌。不過很快書面文字就跟上了，可以流傳的書面文字，而且它可能是構成文學和傑作的因素之一。

世上存在僅僅針對一個人的傑作嗎？如果有的話，那可以寫出什麼樣的故事啊！一八六二年，一位麻薩諸塞的一體論派牧師走出教堂時，被一位當地的年輕女教民看見了。女孩很激動，由於害怕這種激動的後果，也或許為了享受這種激動，她躲進家裡，做起了針線活。村莊裡的人不會知道，二十四年裡，這位變成了老姑娘的女孩一直在給湯瑪士·溫特沃斯·希金森[2]寫信，信中附了詩。這些詩令人驚嘆，形式那樣新穎，彷彿帶著喘息，帶著嘲諷，而且光芒四射。湯瑪士・希金森完全被震驚了，他毫不遲疑地把它們藏了起來，這個正在他眼皮底下成形的作品，他想獨自擁有，他會帶著驕傲欣賞它。就這樣，他變成了一系列詩歌唯一的見證者，他用一套巧妙的言辭說服年輕女子，使這詩歌成為他的囚徒，而她也從未反對過。是因為她明白牧師也成為她的囚徒了嗎？她享受這種狀態嗎？直到一八九〇年，她去世之後，她的傑作才被公諸於世。以上便是艾蜜莉・狄金生的詩幾乎未經加工的出版經歷。終於我理解了所謂「純粹文學」這個表述：它就是指一位作者只對應一位讀者，一種孤獨遭遇另一種孤獨，受到了激發，於是激發出一部作品，其中沒有一星半點遭受過爭議、爭執或者刻意演繹這些粗俗事物的汙染。作者的心靈被讀者喚醒，讀者的心靈被書喚醒，兩者都沉浸在一種高尚的靜默中，這靜默又使他們向更高處昇華。唯一讀者會社的成員，稱自己是「獨眼一族」(「獨眼俱樂部」運動最普及的國家是

1 庇西特拉圖（Peisistratos, 約BC600-BC527），古希臘雅典僭主，大約於西元前五六一至西元前五二七年在位，在他的命令下，荷馬的史詩被轉錄為文字。

2 湯瑪士・溫特沃斯・希金森（Thomas Wentworth Higginson, 1823-1911），美國一體論教派牧師、作家、廢除奴隸制運動的倡導者。艾蜜莉・狄金生的第一本詩歌作品集於一八九〇年由他和梅布爾・托特共同編輯出版。

阿根廷、法國和美國——其中麻薩諸塞可謂最重要的縮影），他們相互辨認的暗號是「提林斯」，取自希臘神話裡由獨眼巨人們建造的城市名稱。「城市是人類最古老的小說，」會社的成員們說：「一座城市的原始材料，便是想像力。」他們相信傑作與城市出現於同一時期，而且在他們看來，世上從未有過來自鄉村和森林的傑作。雖然有關於鄉村和森林的傑作，但它們也都是由城市人寫成的。

艾蜜莉・狄金生的曾孫姪女——一位寫出雙女主僕戀小說的作者——的一位讀者（也是她唯一的讀者），在莫斯科謝列梅捷沃機場首先發現了一位他的同類。在頭等艙候機室裡，這個人對他說，謝列梅捷沃是凱薩琳二世的情人，他為女皇寫過許多色情詩，被女皇藏進了一個永遠不得打開的箱子裡。當這位同類去洗手間的時候犯了一個錯誤，他忘了把電腦關上。小艾蜜莉的讀者沒忍住。他看到了那些詩。那位日後的會社聯合創辦人忘記了他並不懂俄語，從洗手間回來的時候滿臉通紅。三年後，他們一起去倫敦造訪福爾摩斯的家（根據想像中的現實製造出的生活現實），並且在那裡結識了後來成為會社成員的法國人。會社裡的阿根廷人建議在布宜諾斯艾利斯的巴勒莫區召開一次祕密會議。他的公寓就在這座城市人口最密集、最喧鬧的廣場旁邊，而廣場的名字來自一位毫無祕密可言的作家。最稀有、最獨特的人隱藏在最常見、最暢銷的人裡面，他們得到了很好的掩護。我不能透露他們的會議主題，但我知道那絕不可能是他們都喜歡的作家。每個人都守護著屬於自己的作者，如同守護一個寶藏。他們真的會花整整幾個晚上的時間，按照嚴格順序來討論克萊芒絲·伊佐爾[3]，這位被土魯斯市選為形象代表，卻根本不存在的女詩人的傑作嗎？

3 一位中世紀的法國女子，其真實性仍未得到證實，法國土魯斯市每年以她的名義舉辦慶祝活動，同時向最佳詩人頒發獎項。

誰是國王？

假如傑作是一把古希臘豎琴，琴弦便是我們的神經，我們和它一起體會著生活的各種形式。我敢說還有：愛的形式。為什麼不敢說呢？如果我們與傑作之間只有學生和老師的關係，它們就會變成受歡迎的聖人雕像，覆滿色粉、冰冷無情。傑作不是神聖的，它們是令人欣賞的；不僅令人欣賞，還是親切的；不僅親切，還是可愛的。理想的傑作和理想的人一樣，就像人們對查第格的評價：

人們欣賞他，與此同時人們愛他。

我們沒有神，我們有書。傑作是一個王國，我們在某個瞬間是它們的國王。

作品之王，九柱戲[1]

可取代法語中「傑作」（chef-d'œuvre）的詞，可以是一個單一專用於文學的詞彙，它不應該再帶著被指稱「事物最初」的手工藝意味。（在中非的桑戈語裡，人們在所指稱事物的前面加上「kôtâ」，表示它宏偉、龐大，或者加上「pendere」，表示它典雅、完美。「Kôtâ gbûku」就是「偉大的書」。表示最高級時，人們會給形容詞加上前綴「taâ」，即「真正的」。「taâ pendere limon」，意即：圖像、版畫、電影的傑作。）那個文學專用語中的非手工意味的詞來自波斯語，這個波斯語單詞便是「Shahkar」。

「kar」，「作品」；「shah」，「王」——作品之王。啊，迷人的波斯人，真懂得善待藝術

1　一種歷史悠久的遊戲，目前在法國西南部依然流行。參加者以一顆球撞擊分散豎立在一個正方形場地內的九根柱子，類似於現代的保齡球。

創造。有點奉承，又有點真切。傑作對國家而言，並不比一個九柱戲好手更有用，不是嗎？可是最終，九柱戲卻比國家更持久。雅典已經死了，索福克里斯依然活著，他甚至讓雅典活在我們的記憶中。被遺忘的國家是否就是那些不曾有過傑作的國家呢？

梗概

朋友B，一邊用巨大開本的馬拉美〈骰子一擲〉[1]搧著風，一邊對我說：

——傑作恰恰是傑作的反面，哇哦。

1 馬拉美發表於一八九七年著名的視覺詩作品〈骰子一擲永遠不會改變偶然〉（Un coup de dés jamais n'abolira le hasard）。

傑作有一天會熄滅

馬德萊娜·德·史居里[1]的《偉大的居魯士》[2]，在她所處的時代和以後的很久，都被視為傑作中的傑作。人們曾沐浴在它的光輝下，人們沒過有一天這一切會過去。當時人們說：《偉大的居魯士》！十年之後：《偉大的居魯士》！五十年之後：《偉大的居魯士》！傑作，就是火焰，看上去如同大自然，生生不息。它出自一個人的創造，一個才華出眾、頗有天賦的人。我有意在這本書裡僅僅用一次「職業／技藝」（métier）這個詞，用在奧菲斯身上，刻意製造在他身上占了上風，所以他失敗了。當作家不是某種職業／技藝，即便人們提筆寫作，世上也不會增加任何職業／技藝。這個詞只是用來削弱天賦。「天賦」一詞，似乎令作者跨越了英雄般的境界，把他帶入近乎神靈的狀態，彷彿在他身上有某種幸運的偶然，有一剎那並非凡人給予的恩賜。人們願意相信它，也就是說忘記推理論證。但那個人並不是「才華出眾、頗有天賦」，而是「或許天賦不錯，而且才華極其出眾」。我們已經見過不止一個天賦非凡卻缺乏教養的人墮落到自說自話，然後牢騷滿腹，最後只剩怨恨，或者憂愁，或者進入慢性自殺。至於並無天賦可言的炫技，它只會生產出機械般的小玩意，但它的作者們總不致於太過落魄。

然後，一點一點地，什麼也沒有了。傑作會像一盞吊燈，慢慢熄滅。這已經發生在《偉大的居魯士》身上。在我看來，它正發生在福克納身上，也會發生在卡夫卡身上。人們想換照明了，把眼前的一切都拉到頂樓曾祖父們的觀賞室裡。（人們會扔掉父輩的觀賞品，轉而拾起祖父輩的觀賞品，對於曾祖父輩的東西倒都能達成共識。）它們已經被我們過度使用，我們從它們身上攫取了太多，摘出一切可能有用的東西投入五花八門的用途，比如那一部，先是用它來分析心跳的斷續，隨後又拿來考察德雷福斯事件[3]中人們的政治熱情，

1 馬德萊娜·德·史居里（Madeleine de Scudéry, 1607-1701），法國作家、沙龍女主人。

2 《偉大的居魯士》（*Artamène ou le Grand Cyrus*），十卷本長篇小說，最初出版於一六四九年至一六五三年，被視為目前已出版的最長篇幅小說。作品人物以波斯帝國君主為名，但故事情節影射法國波旁王朝的貴族。

3 發生於一八九四年至一九〇六年間的法國政治醜聞，起因為猶太裔軍官德雷福斯被誤判為叛國，公眾輿論及媒體在事件中扮演了重要角色。

再後來用它嘗試理解所謂「被詛咒之群體」的愛情，所幸每一次，人們還會驚訝於它運用法語做出的那些不可思議的表達！傑作的首要用途，便是它的「無用」之處，即它的形式；但是對此人們也會感到疲倦，儘管在疲倦之前，人們甚至會為它編造出——就像對過去所有偉大的藝術家一樣——它並不見得擁有的品質。雖然人們把結構主義強加給了普魯斯特，但那既是為了給這個乏味的學派鍍金，也是為了不讓他錯過一股潮流，落後於時代。充滿愛心的評論家會把新事物扦插到大作家身上，這將幫助他繼續未來的路程。

德雷福斯事件，大家都明白，整個法國都和他觀點一致。而「被詛咒之群體」，假如人們繼續讓這個概念大行其道，它就會把我們固定在一種令別人倍感舒適的「痛苦有益論」之中。接著「斷續」，它已經從心過渡到了性。再來，語言表達，我們已經見識了太多技巧和被模仿的技巧，甚至知道兔子什麼時候從帽子裡出現。接著，然後，再來，我們甚至還來不及估算，傑作已經遠遠地被拋在腦後、扔在那裡，而我們，如同溫存的吸血鬼，又會簇擁到一個擁有蓬勃動脈與密集血管的全新傑作的周圍。文學是一片廣闊吊燈的田野。

假如傑作跨越了枯竭的障礙，它就會變得極其持久，它所剩下的就是它絕妙的無用。它會在任何時代、任何地方得到承認，它變成了一個神話。有一天，它真正的死亡會不期而至，因為它失去了作者和它的個性，它不再屬於文學了。它像一個冰冷的天體，獨自旋轉。

有些熄滅的吊燈會再次被點亮。曾孫們重返鄉下的田野，他們的腳踢到了一盞被掀翻了的巨型吊燈，它身披一塊結滿蛛網的蓋布，銀質骨架雖已失去光澤，卻能令人猜出昔日的輝煌。「它怎麼會被扔在這裡？」他們把它帶回城裡，修整得煥然一新，璀璨的光芒又回來了，於是一小群人歡呼雀躍，很快又將波及整個國家。這種事在莎士比亞身上發生過，他在世時得到大眾的喜愛，之後一點點被淡忘，十八世紀末又被演員蓋瑞克[4]重新帶回觀眾的視線裡。蓋瑞克是同為莎翁迷的薩繆爾．約翰生[5]的好友，人們曾上百次目睹他們共進晚餐，這兩人——演員與作家，都被詹姆斯．博斯韋爾寫進了約翰生的傳記，那也是一部傑作，它不是由對倫敦的熱愛、對沒文化的嘲諷、對美食與幽默的喜好構成的，它首先是一部真實對話的傑作（虛擬對話的傑作屬於狄德羅）。

---

4 大衛．蓋瑞克（David Garrick, 1717-1779），英國演員、劇作家、劇院經理、製作人，對十八世紀的英國戲劇產生了重要影響。

5 薩繆爾．約翰生（Samuel Johnson, 1709-1784），英國著名詩人、散文家、傳記家，其編纂的《英語詞典》是英語歷史上最有影響的詞典之一。

就讓英國政府的權威衰落吧，那總比用不安來維持它更好。

在博斯韋爾的另一本書裡，同樣出自約翰生的話：

英格蘭的醫生一直有這樣一種說法，黃瓜應該切成片，用胡椒和醋醃製，然後扔掉，因為它實在毫無益處。

——《赫布里底群島紀行》

還是約翰生，在另一位作者的筆下，又有著令人難以忍受的個性。（當人們把他的棺木安放到西敏寺的土壤裡，棺木裡傳來一陣低吼：「太冷了！還以為在蘇格蘭！」）

一個男人從一頓美味的晚餐中獲得的快樂，通常比從一位會希臘語的配偶那裡獲得的更多。

——約翰．霍金斯[6]，《薩繆爾．約翰生傳》

約翰生其實是個很好的人，他獨自一人寫出了一部詞典——關於英語的詞典。人們可以在其中看到某些頗具喜感的偏見，就像皮耶・拉魯斯[7]描述拿破崙那樣：「一七六九年八月十五日生於阿雅克肖城（科西嘉島），法蘭西共和國八年霧月十八日（一七九九年十一月九日）死於巴黎近郊的聖克盧城堡，其時法蘭西共和國完整且不可分割。」[8]約翰生寫道：「燕麥：穀物，在英格蘭通常用於飼餵馬匹，在蘇格蘭則作為人的食物。」他明知四處追隨他的博斯韋爾是蘇格蘭人，卻偏偏喜歡拿蘇格蘭開涮。勤奮多產幫他成就了身後的名望，他誇張的《薩維奇傳》[9]受到了一個誇張的時代歡迎，他的《詩人列傳》（這個

6 約翰・霍金斯（John Hawkins, 1719-1789），英國作家，薩繆爾・約翰生的朋友。

7 皮耶・拉魯斯（Pierre Larousse, 1817-1875），法國教育家、辭書學家、出版商，編纂出版了十五卷本的《十九世紀百科大詞典》。

8 出自拉魯斯編纂的《十九世紀百科大詞典》。拿破崙實際上死於一八二一年五月五日，在大西洋中的英屬聖赫勒拿島。文中所說的一七九九年十一月九日，是拿破崙發動霧月政變的時間。拉魯斯後來說明，該版本詞典出版於第二帝國時期，有關拿破崙詞條的事實性錯誤主要起因於政治壓力。

9 《薩維奇傳》（*Life of Savage*），描述倫敦詩人、約翰生的朋友理查・薩維奇（Richard Savage）的生平，薩維奇死於一七四三年，本書於一七四四年匿名出版，後收入約翰生的另一部作品《詩人列傳》。

比世界上任何一國都讀更多書的國家的首批傳記之一，大概就是為了讓它不再閱讀作品了吧）流傳得更久，但是真正拯救了這位文士的，卻是由另一個人為他寫的傳記。然而在這本書如此繁多的對話中，沒有出現過一次，甚至在人們後來驚喜發現的有關莎士比亞的對話裡，在他編纂的詞典（一七五五）裡，在《詩人列傳》（一七七九～一七八一）的任何一冊分卷裡，也就是說在一切最有可能出現的地方，都沒有出現過「傑作」（masterpiece）這個詞。伏爾泰顯然創造了許多東西，如果確實是他首次將傑作這個詞應用於文學的話。他還創造了另一個表述——「文士」（homme de lettres）。這個表述無疑也提高了我們的地位，曾幾何時，我們還是與傭人們一道在配膳室進餐的消遣提供者，就像尚福爾那樣，貴族們還可以用棍棒打我們取樂，連伏爾泰本人也有過這樣的遭遇。此人為作家的尊嚴所做的一切理應為他贏得美妙如王權般的待遇，事實非但不是這樣，人們還以惡毒對待他。世事就這麼簡單，你心地善良且富於才華，人們就會以惡毒來待你。才華被當作上天的不公，善意則被視為故作姿態。夠了！有朝一日我要寫一篇〈論姿態〉，作為《論欺騙》（那便是人類社會的歷史）的附篇。莫里哀筆下的達爾杜弗之中也不乏文人墨客。法蘭西是一個才華輩出的國度，一個虛構人物催生出許多作家。

只寫出了一部小說的普魯斯特會像馬德萊娜・德・史居里一樣忽然墜落。的確，他如此完美地創作了這部作品，這足夠讓他再持續上許多年。假使他的光芒被遮蔽，之後又重返輝煌，那麼再度擁有的輝煌將比第一次更加持久。人們會意識到他們曾經遺忘並且險些失去了什麼，就如同文藝復興時又被人們重新發現的古代文學。

吊燈有時候會在民族主義的作用下被重新點亮。除了擁有極其古老、豐厚的文學積澱，並且能夠承受其中一些逐漸黯淡、乃至被遺忘的國家，如法國和英國——波赫士說英國文學：「我說的是唯一一個可以和法國文學並駕齊驅，而且不出現明顯的對比失調的文學。」（《恢復的文本一九三一～一九五五》）——其他國家的傑作數量並不很多，成為國家級的珍寶也就不足為奇了。每個小國家都有他們的航空公司和傑作，千里達及托貝哥共和國[10]有加勒比海航空公司，還有V.S.奈波爾的書。這位冷冰冰的編年記錄者在我看來沒寫出什麼真正意義上的傑作，但是好歹他也得過諾貝爾文學獎了。小國家普遍比大國更受歡

10　千里達及托貝哥共和國，緊鄰南美洲北角、靠近委內瑞拉的島國，首都為西班牙港。

迎，但他們也並非自由的保證。一九〇七年，約翰．辛格[11]的《西方世界的花花公子》在都柏林艾比劇院上演，看到劇中呈現的非理想化的農民，愛爾蘭民族主義者怒火中燒，向演員們扔出了馬鈴薯和念珠。我覺得此事值得深究，馬鈴薯和念珠，又一個標題：「馬鈴薯和念珠」，給一部詳盡的各國民族主義歷史。每一種民族主義都向獨立的頭腦扔進大量令其喪失理智走向狂熱，以及少量維持其生存的物質，那就是憤怒。一旦獨立，愛爾蘭就投入了天主教的懷抱，而這個宗教也迫不及待地糾纏起作家們來。民族主義就是對宗派觀念的廣泛實施。

二〇一〇年，在為法國文化駐外推廣機構挑選名稱的時候，人們想到了維克多．雨果（好讓它停留在「法國文化中心」這個概念裡）。假如挑選普魯斯特，恐怕會變得太小眾、太資產階級、太「菁英化」、太同性戀、太猶太，難以成為我們的世界名片。在缺乏確定性的時代，少數人的傑作就要面臨危險了。

11 約翰．米林頓．辛格（John Millington Synge, 1871-1909），愛爾蘭詩人、散文家、民間故事蒐集者，愛爾蘭文學復興的重要人物、艾比劇院的創辦者之一。

被轟炸的傑作

文學要在若干國家中獲得一點點獨立，需要時間，也需要英雄。歐洲最久遠的傑作作者們，在十三或十四世紀，從魔法術與政治勢力軟禁作家們的洞穴裡走了出來。此前，人們一直把他們禁錮在所謂「artes」之中——我想或許可以把它翻譯為「artifices」（技能、技巧），將他們視作主題與規則的複製者，而根據規則，自由僅僅在語義雙關或者話中有話的時候才有可能，總之那是最粗暴的虛偽；正是因為這樣，我才對「art」（藝術）乃至「chef-d 'œuvre」（傑作）這樣的字眼充滿懷疑。文藝復興的偉大作家們，敢於冒風險不再充當軍旅的號手，主張自己的個性，按照他們確定的形式來講述，從而讓我們走進作者的時代，人們開始稱呼他們「auctores」（作者）。或者說，讓我們重新走進，重新開始稱呼。比這更進一步的是佩脫拉克的親友書信集，可謂人類歷史上的一個關鍵時刻，其中最重要的是第八封信，完成於一三五〇年四月三十日，他在信中談到對古代文人（在當時極受大眾崇敬）言論的引用：「但我在此斷言：以自己的言辭來表達自己，才能夠真正展示優雅與技巧。」個體寫作者的獨立性正式確立，使得對個性的非凡表達也即是傑作的回歸成為可能。四月十三日應該成為全國的文學紀念日。如果說印刷廠的出現（使得對思想的控制顯得越發難以忍受）讓人們開始獲得自由，那麼文藝復興本身也是一種自由，因為它是對作者的一種回歸，就如同偉大作者與傑作輩出的古羅馬時代。佩脫拉克，請接受我的致敬，薄伽丘，請接受我的親吻。（但丁，你鄭重其事的欺騙讓我開懷大笑。）這些巨人令我們站到了他們的肩膀上，但我們隨時可能跌落，他們也一樣。

美好極易摧毀，很難再重建，醜惡始終在絞殺美好，戰爭難以避免。我們要小心他們以傑作太老、太形式主義等理由打敗傑作，這些假借合理與便利的攻擊我們早就見識過；一九四〇年，那些背叛法國的人寫文章，說法國的失敗，是因紀德和普魯斯特這些道德敗壞者。如今我們又看到對形式的可笑攻擊，這些人以寫作糟糕、思想混亂、形態醜陋的文章盛氣凌人地展開攻擊，沒有半點資格來評價形式；但這些幻想著上天奇蹟來為他們報仇的人，其實是這樣一種意識形態的工具，它想讓形式死去，將粗俗野蠻送上權力寶座。即使我錯了，我寧可這一切都是誇大其辭，也不願有天在飛落的炸彈中哭喊：「早知如此……」

傑作與死亡

一個朋友問我：「失去了文學，我們會失去什麼？」在我看來，一旦擁有了它，就不會失去。或者當我們很老的時候，一切都如同水分從身體裡流失，我們也許會像失去聽覺、視覺或味覺一樣失去它？或許就是因為這樣，那麼多老人才看起來像風乾的椰棗一樣？給他們分發傑作吧，它們在我們年少時拯救了我們，也許會在我們衰老時，再次把我們從焦慮中拯救出來？

那些不曾擁有過、或者對文學視而不見的人，我認為他們缺少了某種十分重要的東西。我認為他們缺少了文學，就缺少了對死亡的抗爭。

一切嚴肅的文學作品，尤其是一切傑作，都是向死亡發出抗議的呼喊。死亡試圖將我們帶走，但我們仍然寫下書籍，書籍就像無窮無盡的小男孩，不斷築起沙的矮牆對抗海浪；作為讀者，我們閱讀書籍，與傑作的作者們一道向死亡發起這場抗議。

對於我必須死去的這個事實，我不住地感到憤慨，我所寫下的一切都試圖在海浪來臨之前贏得三公分，彷彿悲壯的賭徒請求重返賭場，你們看！我還有籌碼！讓我再賭一次吧，哪怕只是十歐元！躺在臨終的床上，我會感到遺憾，無法在消瘦的大腿上擺放著的筆記本裡寫下筆記，記下妙句可能帶給我的最終感受。人們將把這個本子同我一起安葬，假如本子裡承載的世上倒數第二大祕密立刻被披露，掌握著人生要領的人們恐怕會無法接受。膽怯的人們在夜晚來到我的墓前，希望這祕密會穿透大理石。百年之後，一位瘋狂的億萬富翁將打開我的墓穴，攝影機們將無視那堆骨骼、那顆頭顱、那隻寫下過你們珍愛的書籍的手、那些形如扶拱垛、內裡曾跳動著一顆心臟的肋骨，對準並放大筆記本業已乾癟鼓起的仿皮封面。筆記本！筆記本！一位面色蒼白、身穿黑衣、神情極嚴肅的富翁的特派員拿起了它，把它送進車內，不，攝影機們，富翁不在那裡。傳奇迅速發酵。上面什麼也沒有！「科學家」們在電視上說。一頁紙，只有一頁！其他人說。還有些人說：才不是！在乾癟的本子裡，紙張都萎縮了，上面的字跡縮小得難以辨認。那麼，這個寫過一首〈形如玫瑰的人生〉的詩人的小本子，它到底是什麼呢？一朵玫瑰！祕密，就是一朵玫瑰，第二年，一位年輕的、嗓音凝重的、髖部豐滿的英倫搖滾男歌手將會唱出〈祕密是一朵玫瑰〉。行了行了，一位教授終於開口，本子裡還剩下四分之一張紙，但上面的字完全可以辨認，透過傑作揭開人生的祕密就寫在那裡。他剛說完最後這句，就踩在一個用過的保險套上，摔了一跤，他的頭被人行道的邊緣撞破了，那張紙隨即飛進了下水道的進水口。

嘗試定義

「傑作」（chef-d'œuvre），我們從沒見過一個東西和它對應的詞被安排得這麼糟糕。起碼從這個詞潛藏的含義來看是這樣，從來沒有一個詞是孤立的。它帶著一種意象，由於長久以來不斷地被幾乎所有人重複，這意象在我們頭腦中早已形成。對「傑作」而言，這個意象，就是辛勞、就是工作、就是手藝，辛苦勞作及類似的東西。我試圖為它除去這層硬殼。我們在傑作中更常見的不是手藝，而是發明，不是重複的動作，而是獨特之處，不是非個人化的普遍性，而是敏銳的感受。我同時也嘗試使它遠離神聖的光環，那些放棄對它進行修辭學解釋的人們卻總是抓著光環不放。我們在傑作中更常見的，不是輕率，而是精緻，不是神靈賜予，而是培植已久的才華，不是魔法，而是毫無保留的投入。恐怕沒有什麼像「掌握」（maîtrise）這個概念一樣，在傑作這個詞裡銷聲匿跡得如此徹底，而在撒克遜語系的同義詞裡，它倒是出現了（meisterwerk、masterpiece[1]）。雖然有所掌握，傑作依然會放下那一切，從而避免掉進「技藝」（art）的陷阱，並且向呈現在它面前的一切盡可能敞開自己。傑作或許是高傲的一種自我放任？是的，顯然，「偉大的作品」（grande œuvre）更適合傑作的概念。也許我該總結一下對傑作進行定義的嘗試，也就是這本書所想做的。

我認為我們或許可以這樣說：

傑作：名詞，陽性[2]。文學傑作是一本傑出的著作，它創造出屬於自己的標準，人們僅可依據它自身對其進行評價。作為對個性最為大膽的表達，每部傑作都是唯一的。傑作沒有主題，唯有傑作的形式本身。傑作是人類最令人興奮的創造。我們可以用「偉大的作品」來替代這個詞。

1 前後分別為德語、英語中的「傑作」一詞。

2 法語中的名詞，分為陰性及陽性。

成為一個傑作

世上有比寫出一部傑作、或閱讀一部傑作更美妙的事，那就是經歷一部傑作。最佳的方式，我覺得，就是一段愛情。在這種人與人結合的創造中，我們會變成另一個人，而且是一個更好的人，就像我們讀一本傑作的時候。其他人也可以從中獲益。我有一部小說的人物便是由一對絕妙情侶所構成的迷人生物，彷彿為了證明我的觀點，即幸福的人會遭到神靈（為了避免令人聯想到我在抱怨，我把一切惡毒、嫉恨都冠以這個名稱）的憎惡，他們的結局很不幸。在曾經認識這位男士和這位女士的人們的記憶裡，會留下這樣一個畫面：一片雲朵正在夕陽前緩緩展開。他們曾經就是那樣，恰恰如同一部傑作，極其短暫，但是以永恆的眼光來看待，一對情侶人生中的幾年，也並不比莎士比亞四百年的壽命短很多。我們或許可以把西魯斯（Publilius Syrus），西元一世紀的古羅馬滑稽劇作者，他只有一本《箴言集》（一部傑作）流傳了下來——下面這句話裡的「絕妙的思想」替換成「絕妙的情侶」，甚至是「絕妙的東西」：

絕妙的思想會被遺忘，但是不會消失。

傑作式人生的一對楷模，史考特與賽爾妲．費茲傑羅，也不過是在一些老掉牙的故事裡還稱得上傑作罷了，最多是一個自然主義式的傑作。因為畢竟，每天去夜總會喝雞尾酒狂歡的日子過上兩三年，很快就會變成睜不開眼的早晨，難聞的口氣、枕頭上的口水印、狐朋狗友的妒忌、新書的乏人問津、賽爾妲的精神失常。不幸從來都不是一個傑作。

比經歷一個傑作更美妙的，是成為一個傑作。有些人在他們人生的某個時刻是傑作；當然，人生很長，有各種偶然，又充滿單調，以及我們無法控制的一切，還有更糟的，我們想控制卻失控的一切；人生就像一位大廚，在他烹飪的菜餚裡不斷收到各式原料。白醬牛肉剛下鍋不久，就飛來了一堆草莓；為了免遭旋風的襲擊，急忙把肉餡酥皮盒蓋上，天上又下起了麵粉；雞蛋狂轟濫炸，火腿片從天而降，鹽塊如冰雹般砸下，義大利麵像鞭子一樣抽來。被弄得五顏六色彷彿小丑的大廚，癱倒在他木質的椅子上，雙臂攤開，不住地喘息。在人生中，我們只能盡力而為。能夠在他們人生的某個時刻成為傑作的人，自然越發讓人敬佩。

是的，我認識一些曾經是傑作的人，也認識一些現在就是的人。我幾乎出神地看著他們生命中的這些時刻，假如不克制自己，我會給全世界的人打電話，告訴他們這些人的存在：什麼？你不知道Y？這麼激情迸發的人。聽著，我得向你介紹Z，地球上精緻細膩的化身！有一陣子，他們之中的一個，我想過講述他的人生。我甚至想殺了他，從而讓嫉妒的目光投向他，他本人或許會不敢再活下去，如果看到自己被描繪得這麼美好。身為傑作的人，是世界上最脆弱的，讓他們繼續隱密下去吧。

有人會反對我，他們會說傑作是留給藝術創作的，至於人生，人們只能出於好意，才可以說某人是一個傑作。那麼好吧，那倒是這樣做的一個正當理由。因為這會把閱讀傑作給予我們的東西給予他，那便是勇氣和魅力。

木馬文學131

論傑作——拒絕平庸的文學閱讀指南

À propos des chefs-d'œuvre

作者	夏爾・丹齊格（Charles Dantzig）
譯者	揭小勇
社長	陳蕙慧
副總編輯	戴偉傑
責任編輯	鄭琬融
行銷企劃	陳雅雯、尹子麟、洪啟軒
封面設計	張巖
電腦排版	宸遠彩藝有限公司

讀書共和國出版集團社長	郭重興
發行人兼出版總監	曾大福
印務	黃禮賢、李孟儒
出版	木馬文化事業股份有限公司
發行	遠足文化事業股份有限公司
地址	231 新北市新店區民權路 108-2 號 9 樓
電話	(02)2218-1417
傳真	(02)2218-0727
Email	service@bookrep.com.tw
郵撥帳號	19588272 木馬文化事業股份有限公司
客服專線	0800-221-029
法律顧問	華洋國際專利商標事務所　蘇文生律師
印刷	前進彩藝有限公司

初版一刷	2020 年 12 月
定價	350 元

ISBN：978-986-359-845-9

國家圖書館出版品預行編目

論傑作 ——拒絕平庸的文學閱讀指南 / 夏爾・丹齊格 (Charles Dantzig) 著 ; 揭小勇譯 . -- 初版 . -- 新北市 : 木馬文化事業股份有限公司出版 : 遠足文化事業股份有限公司發行 , 2020.12
面 ;　公分. -- (木馬文學 ; 131)
譯自 : À propos des chefs-d'oeuvre.
ISBN 978-986-359-845-9(平裝)

1. 文學評論 2. 閱讀指導

812　　109017696